아
날
로
그

이런 사랑
또 없습니다,
무색소 저염식
순애소설

기타노 다케시

이영미 옮김

アナログ

아
날
로
그

레드스톤

아날로그

"지금은 클라이언트의 니즈가 드래스틱하게 변화하기 때문에 우리는 프라이오리티를 우선적으로 고려하고, 고객의 컨센서스를 확보해서 그 이슈에 민첩하고 플렉시블하게 대응하는 툴과 그랜드디자인을 창출해야만……."

또다시 이와모토 부장이 광고대행사의 덜떨어진 직원처럼 정작 본인도 의미를 모르는 외래어들을 마구 발사했다.

회의 안건은 우리 회사에서 디자인을 담당하고 있는 이태리 식당의 인테리어 건이었다. 그러니 매장 내부의 테이블과 의자 배치, 색조 등 지극히 평범한 업무들을 의논하는 자리였다.

미즈시마 사토루가 근무하는 시미즈디자인연구소는 대형 종합건설사가 대주주인 설계회사의 한 부문이다. 연구소는 도쿄와 오사카에 지사가 있고, 주요 분야는 실내와 실외를 아우르는 건축디자인이다. 찻집 인테리어부터 호텔 플로어, 쇼핑몰 디자인까지 폭넓게 담당한다.

초대 회장인 시미즈 이치로는 쇼와 초기에 건축디자인과 인테리어에 주목한, 그 분야에서 일본의 선구자로 일컬어지는 인물이다. 이 회사는 시미즈 회장이 만년에 종합건설사의 자회사로 창립했다. 지금도 사장이나 전무는 모회사인 종합건설사의 낙하산 인사이고, 그 외의 간부직도 대부분 회장의 친인척이 차지하고 있다.

현재 시미즈디자인연구소의 도쿄 지사를 책임지고 꾸려나가는 사람은 사토루의 상사인 이와모토 부장이다. 이와모토는 원래 화가 지망생이었는데, 도쿄예대에 떨어져서 모 사립대학의 예술학부에 겨우 들어갔고, 졸업 후에 부모의 연줄로 이 회사에 들어온 것 같다.

이와모토가 열변을 토해낸 것치고는 구체적인 내용이 전혀 없다 보니 부하직원(고작해야 네 명뿐이지만)인 우리도 그저 듣고 있을 뿐, 의견을 어떻게 말해야 할지 알 수가 없었다. 그런데도 사토루를 제외한 세 사람은 이와모토의 의견을 한마디도 놓치지 않겠다는 자세로 경청했고, 마치 일부러 그러는 것처럼 꼬박꼬박 고개를 끄덕여주었다. 그것은 흡사 신도가 몇 안 되는 종교단체 교주의 설교 같았다.

그때, 사토루의 휴대전화 벨소리가 울려 퍼졌다.

"하아~ 그날 로마에서 바라봤던 달이~ ♪ 아아~ 조금은 ♪"

미나미 하루오의 '도쿄올림픽 선창(1964년 도쿄올림픽 테마송)'이었다. 누구나 놀라 자빠질 만한 노랫소리. 불과 얼마 전까지는 '전화왔어요~ 전화왔어요~'라고 반복적으로 외쳐대는 아무 특색도 없는 벨소리였다. 그런데 고등학교 친구인 못돼먹은 다카키 준이치 녀석이 '야, 넌 인테리어 디자이너잖아. 좀 감각 있는 벨소리를 쓰든가, 아니면 아예 웃긴 걸로 바꿔!'라며 타박해서 막 바꾼 참이었다. 설마 이런 순간에 울릴 줄이야, 타이밍이 최악이다. 순간 다카키를 원망했지만, 깜박하고 진동으로 안 바꾼 건 본인 실수라 어떻게 사과해야 좋을지 고민에 빠졌다.

그런데 다른 세 사람이 고개를 숙이고 죽어라 웃음을 참는 모습이 힐끗 눈에 들어온 후로는 사토루 역시 웃음을 참느라 안간힘을 써야 했다. 그래서 간신히 '죄송합니다.'라고만 하고, 전화를 끊었다.

웃음은 악마다. 제아무리 긴장된 상황에서도 자기가 등장할 기회를 절대 놓치지 않는다.

이와모토에게도 미나미 하루오의 '하아~ 그날 로마에서…….'가 꽤 충격적이었는지, 화와 웃음이 뒤섞인 묘한 표정을 지었고, 사토루는 솟구쳐 오르는 악마와 고군분투하는 상황에 처하고 말았다.

"이봐, 미즈시마! 중요한 회의 때는 진동으로 해야지."

동료인 사카가미가 옛날 중학교 반장처럼 주의를 줬지만, 서로 유머 코드가 비슷한 이마무라와 요시다 히카리는 웃음을 참느라 여전히 고개를 숙이고 있었다.

"미즈시마, 전화 왔으면 저쪽 가서 통화해."

이와모토가 난감한 분위기를 떨쳐내듯 과하게 진지한 평소 표정으로 돌아가서 화난 말투로 쏘아붙였다. 하는 수 없이 창가로 물러나 휴대전화를 확인했더니, 사토루를 이런 상황에 처하게 만든 장본인인 다카키한테 온 전화였다. 회의실에는 여전히 코스트와 베네핏의 관계니 케파시티니 트리콜로르니 떠들어대는 이와모토의 목소리가 울려 퍼지고 있었다.

창가에서 조용히 전화를 다시 걸자, 늘 만나는 멤버인 다카키와 사토루, 그리고 야마시타 요시오 셋이 일 마치자마자 오랜만에 한잔하러 가자고 했다. 히로오에 있는 '피아노'라는 찻집에서 만나기로 약속했다.

피아노 찻집은 상사인 이와모토가 디자인한 가게로 알려져 있지만, 실제로는 사토루와 요시다 히카리가 거의 대부분을 담당했다. 업계에 떠도는 소문에는 이와모토가 디자인한 가게는 오래 못 간다는 험담이 나도는 것 같아 복잡한 심경이었다.

피아노는 위치가 좋은 장점도 있어서 단골손님이 생겼고 경영도 안정되었다. 가게를 개업한 후 1년 동안 두세 차례밖에 안 갔지만, 항상 자리가 거의 차 있었다.

친구들이 왜 히로오에서 만나자고 했는지는 모르겠지만, 보나 마나 또 나름 맛있고 싼 가게를 찾아냈겠지.

휴대전화를 끊고 회의 탁자로 돌아오자, 이와모토가 사토루를 노려보며 큰 목소리로 핀잔을 주듯 쏘아붙이고 회의를 끝냈다.

"다들 좀 더 새로운 콘셉트에 챌린지해서 클라이언트에게 콘센트시켜 달란 얘기야. 이상!"

사카가미와 이마무라는 자못 의욕을 드러내듯 자기 책상으로 돌아가서 인테리어 전문잡지나 신소재 카탈로그를 들척거렸다. 그때 동료인 요시다 히카리가 물었다.

"미즈시마 씨, 오늘 데이트 약속이야?"

휴대전화 통화 내용으로 상대가 남자라는 걸 뻔히 알 텐데, 일부러 그러는 것 같았다. 사실 요시다와는 2년 정도 교제한 시기가 있었다. 나쁜 아가씨는 아니지만, 사토루에게는 연로해서 요양시설에 입원한 어머니가 있었고, 어중간하게 마냥 사귀기만 하면 안 되겠다는 마음이 강해지면서 장래에 대한 불안도 커졌다. 사내 연애를 하는 것도 조금 께름칙했던 사토루는 몇 년 전에 그녀와 헤어졌다.

"아니, 못된 친구 녀석들이랑 역 앞에서 꼬치구이에다 소주 한잔할 거야."

대수롭지 않게 대답하고 책상으로 돌아가서 그녀 쪽을 힐끗 쳐다봤다. 그러자 어떻게든 대화의 물꼬를 터보려고 기껏 말을 걸었는데, 적당히 따돌려버리는 사토루의 태도에 화가 났는지 그녀는 사무실 밖으로 휑하니 나가버렸다.

그녀의 뒷모습을 보며 '나도 참 형편없는 남자네, 앞으로는 좀 다정한 연기라도 해야겠어.'라며 제멋대로 공상에 빠지려던 순간, 또다시 휴대전화가 울렸다.

울렸다고는 해도 이번에는 진동 모드로 설정해놔서 주머니 속에서 지잉지잉 신음할 뿐이었지만, 발신자는 또다시 다카키였다. 한 시간쯤 늦어지니, 먼저 가 있거나 약속 시간을 조정하자는 용건이었다.

사토루는 조금 기다리는 건 아무 상관없었다. 요즘은 편리한 시대라 바로 문자나 라인 메신저로 연락을 취해 용건을 전달할 수 있다. 다른 사람에게는 편리한 기능일 테지만, 사토루는 왠지 그런 데 흥미가 없었다.

하지만 그게 없으면 회사나 업무 관계자에게 피해를 끼친다고 하니, 어쩔 수 없이 강제로 휴대전화를 들고 다니는 기분이었다.

혼자 있는 게 고통스럽지 않은 이유는, 어머니에게는 미안하지만, 어린 시절의 영향일지 모른다. 사토루는 옛날에 흔히 말하던 '열쇠아이(부모가 일을 하기 때문에 늘 집 열쇠를 가지고 다니는 아이)'였다. 어머니는 아버지가 세상을 일찍 뜬 후, 여자 혼자 몸으로 외아들을 키우기 위해 근처 슈퍼마켓에서 점원으로 일하고, 작은 회사에서 경리 업무도 보조하며 하루 종일 바쁘게 일해야 했다.

아침에 일어나면 아침밥이 항상 식탁 위에 차려져 있었고, 방과 후에는 학교에서 돌아와서 아무도 없는 아파트 집에서 좋아하는 만화나 조립식 모형 장난감을 친구 삼아 놀곤 했다. 저녁 먹을 시간에 맞춰서 어머니가 가게 휴식 시간을 이용해 팔다 남은 도시락이나 할인하는 생선구이 등을 들고 집에 왔지만, 금방 다시 가게로 돌아가야 했다.

그래서 어머니와도 대화할 시간이 거의 없었다. 밖에서 친구들과 놀다가도 어머니의 귀가 시간에 맞춰서 자기 혼자 집으로 먼저 돌아가야 했다. 놀다가 갑자기 사라지거나 숨바꼭질 술래인데 먼저 가버리니…… 친구들에게는 제멋대로 구는 녀석으로 보였을지 모른다.

언제든 서로 연락할 수 있는 환경은, 부끄러운 얘기지만, 어른이 된 지금도 별로 익숙지 않다. 업무 외에는 사토루가 먼저 연락하는 경우는 좀처럼 없다.

그렇더라도 요즘 같은 시대에 그런 주장만 고집할 수는 없을 테다. 자기도 모르는 새에 주위 환경에 서서히 스며들고 있겠지.

다카키와 야마시타는 7시 무렵에 만나자고 했지만, 업무는 5시 반에 끝나버렸다. 그래서 아오야마에 위치한 회사에서 히로오의 피아노까지 어슬렁어슬렁 느긋하게 걸으며 가는 길에 있는 가게나 신축건물들을 살펴보았다.

찻집 이름은 피아노지만, 가게에 피아노를 놔둔 것도 아니고 음악과 관계있는 찻집도 아니다. 현재 경영자가 예전에 라스베이거스의 호텔에서 엘튼 존의 레드 피아노라는 공연을 보고, 그 말의 울림이 마음에 들어서 피아노라고 이름붙인 모양이다.

처음에는 레드 피아노라고 이름 붙이려 했는데, 사토루의 상사 이와모토가 사람은 저마다 취향이 다르니 레드는 빼고 그냥 피아노로 하자고 권했던 것 같다.

통유리 벽으로 된 가게 안을 살펴보니 두세 커플과 누군가를 기다리는 표정의 남자, 그리고 젊은 부인들 몇 명으로 자리가 절반 이상 차 있었다.

사토루는 안으로 들어가서 벽 쪽에 있는 긴 의자에 앉았다. 사무적인 웨이트리스의 응대에 아무 생각 없이 아메리카노를 시키고 말았다. 실은 홍차가 더 좋은데…….

그리고 하릴없이 따분하게 다카키와 야마시타를 기다리기로 했다. 사토루가 앉은 테이블에 물이 담긴 컵이 놓여 있었다.

사토루는 처음에 다른 손님이 볼일이 있어서 잠깐 자리를 비웠나 생각했는데, 점원의 태도를 보니 그냥 깜박하고 못 치운 것 같기도 했다.

힐끗 옆을 보니, 누가 잊고 간 건지 가게 책인지, 긴 의자 위에 잡지 한 권이 놓여 있었다. 그 잡지의 제목 때문에 눈길이 갔다.

'도쿄에서 요즘 인기 있는 가게, 맛, 인테리어 특집'이라고 쓰여 있었다. 하긴 대부분의 가게는 홍보하기 위해 돈을 내고 기사를 싣는다. 요즘 흔한 미슐랭 같은 것을 흉내 낸, 출판사에서 돈을 벌려고 낸 잡지 같았다. 여기 놓여 있는 걸 보면, 우리 회사에서 인테리어를 했던 이 가게도 나왔다는 뜻인가 하며 사토루가 잡지를 집어 들었다.

예상대로 피아노가 소개된 페이지 첫머리에 이와모토의 사진과 프로필이 큼지막하게 실려 있었다. 인터뷰를 읽어보니 외벽 마감재를 아크릴로 써서 개방감을 주었고, 기초 부분은 코발트블루로 쓰고 긴 의자도 동색 계열로 했으며, 테이블 색깔은 실버그레이로 썼다고 자랑하듯 말하고 있었다.

사실대로 말하면 이와모토는 설계 초기에 '기초 부분을 빨간 벽돌로 하고, 테이블과 의자 색을 온색 계열로 구성할 생각이야.'라고 했었다. 그러나 '그러면 양식당 아닌가요?'라는 반대 의견이 많아서 마지못해 자기 의견을 접었는데, 어느새 콘셉트 자체를 자기 것으로 돌려버렸다. 사토루는 그 기사를 읽고 어이없어 웃고 말았다.

그래도 전문가가 찍은 사진인 만큼 실제보다 훨씬 잘 나왔다. 사토루와 다른 직원이 맡았던 또 다른 가게 인테리어도 소개됐는데, 그것도 이와모토의 작품으로 나와서 은근히 화가 치밀었다. 그래도 소개 문장 안에 사토루나 요시다, 사카가미 등 다른 직원의 이름도 간혹 나와서 이해하기로 했다. 이런 일은 어느 업종에나 있겠지.

"실례합니다."

바로 옆에서 여자 목소리가 들렸다. 깜짝 놀라 고개를 드니 낯선 여성이 서 있었다.

"그 잡지, 제 건데……."

"아, 죄송합니다. 가게 잡지인 줄 알고……."

사토루가 허둥지둥 잡지를 건네주었다.

테이블 위의 물 컵은 점원이 깜박한 게 아니라, 그녀가 잠깐 자리를 비웠을 뿐이란 걸 알았지만, 그런 상황보다도 그녀가 매우 품위 있고 멋진 사람이라 당황해버린 것이다.

"원하시면, 이 잡지 보셔도 돼요."

그녀가 생긋이 웃으며 사토루의 맞은편 자리에 앉았다.

사토루는 가슴이 뛰는 자신에게 '침착하자, 침착해.'라고 타이르며 말을 건넸다.

"그 잡지에 우리 회사에서 인테리어를 맡은 매장이 나와서 나도 모르게 그만…… 실례했습니다."

"혹시 이 찻집 인테리어를 한 회사예요?"

그녀가 놀라며 물었다.

"네, 실은 우리가 맡았던 가게예요."

사토루는 대답하면서도 가슴이 더욱 심하게 뛰었다.

"난 이 가게가 좋아서 자주 와요. 밖에서 보는 분위기도 좋고, 의자랑 테이블 색감도 제 취향이라 굉장히 좋아요."

그녀가 사토루에게 미소를 지으며 말했다.

"이와모토 씨라는 분은 재능이 탁월하시네요. 이 잡지에도 이와모토 씨의 작품이 자주 실려요."

그녀는 잡지 내용을 곧이곧대로 믿는 것 같았다. 사토루는 속으로 '말도 안 돼! 우리가 다 했는데 전부 자기 공으로 돌리다니.'라고 생각했지만,

"네, 이와모토 씨는 감각이 좋아서…… 우리도 많은 공부가 됩니다."

마음에도 없는 소리를 하고 말았다.

"이쪽 분야에는 고집 센 사람이 많아서 좀처럼 의견이 모아지지 않는데, 상사인 이와모토 씨가 모두의 의견을 수렴해서 결과적으로 이런 분위기가 완성됐습니다."

이와모토 혼자서 다 한 게 아니고, 모두의 의견으로 이 가게가 만들어졌다는 뜻을 에둘러 표현했다. 그녀는 흥미진진한 듯이,

"이 잡지에는 이와모토 씨의 감성으로 완성했다고 나왔는데, 꼭 그런 건 아니네요."

라며 미소를 머금었다.

"이와모토 씨에게는 실례되는 말이겠지만, 우리가 그의 디자

인 방침을 바꿨고, 그분은 이 배색을 반대했었어요."

사토루는 홧김에 무심코 사실대로 말해버렸다.

재미있다는 듯이 웃는 그녀의 모습에 우쭐해진 사토루는 지금까지 있었던 이와모토의 실패담을 줄줄이 늘어놓기 시작했다. 그녀는 그런 실패담을 꺼낼 때마다 웃으며 들어주었다.

퍼뜩 제정신이 든 사토루가 그녀에게 물었다.

"당신도 혹시 이쪽 일을 하시나요?"

"아뇨, 아뇨. 전 그냥 평범한 판매원이에요……."

판매원이라는 말에 어머니가 떠올라서 친밀감이 느껴졌다. 사토루는 벌써부터 그녀가 좋아진 기분이었다.

"저어…… 성함을 여쭤봐도 되겠습니까?"

용기 내어 물어보았다.

그녀도 아직 이름을 밝히지 않은 걸 알아챘는지,

"어머, 실례했어요. 저는 미유키예요."

라고 알려주었다.

"미유키 씨군요. 다음에 또 만나면 인사드려도 될까요?"

사토루는 당장이라도 연락처를 묻고 싶었다. 물어보면 선뜻 알려줄지도 모른다. 그런데 왠지 연락처를 물으면 두 번 다시 못 만날 것 같은 예감이 들었다.

"저는 목요일이 휴일이라 별다른 볼일이 없으면 저녁 무렵에 여기 자주 와요."

미유키가 웃는 얼굴로 대답해주었다.

목요일에 다시 피아노에 와서 미유키를 또 한 번 만나자. 연락처는 그때 만나서 묻자. 사토루의 머릿속은 순식간에 목요일 저녁 생각으로 가득 찼다.

미유키가 자꾸만 가게 밖을 신경 쓰는 것처럼 보였다. 돌아다보니 다카키와 야마시타가 외벽 유리창에 코와 입을 찰싹 붙이고 이쪽을 살펴보고 있었다. 두 사람은 웃길 심산으로 그랬을 테지만, 가게 안의 손님들은 별 이상한 사람이 다 있다는 듯이 애써 못 본 척했다.

미유키가 웃으면서

"친구 분들이 오신 것 같네요."

라고 말한 후, 자리에서 일어서서 출구로 향했다.

사토루가 무심코 그녀의 등에 대고,

"저는 미즈시마 사토루입니다!"

하고 소리쳤다.

미유키가 돌아보더니, 웃는 얼굴로 손을 살짝 흔들어주었다. 그녀와 엇갈리듯 들어온 다카키와 야마시타가 그녀를 힐끗힐끗 쳐다보며 사토루가 있는 자리에 앉았다.

"야, 미즈시마, 지금 작업한 거냐? 여자 괜찮은데!"

다카키가 히죽거리며 말했다. 야마시타도 무슨 오해를 했는지 한마디 했다.

"나도 저런 여자라면 유혹당해도 좋겠다."

그 말을 들은 다카키가,

"뻔뻔한 소리하고 있네. 저 여자가 뭣 때문에 널 유혹해? 아사쿠사 유흥업소 아가씨한테도 돈 내고 거절당한 주제에."
하고 쏘아붙였다.

"좀 깎아달라고 했을 뿐이야."

"유흥업소에서 에누리하는 놈은 너밖에 없을 거다."

늘 그렇듯이 어느새 두 사람의 만담이 시작되었다. 만담을 한 차례 주고받은 후, 다카키가 진지한 표정으로 사토루에게 말했다.

"그 아가씨는 너한테 무리야."

"오늘 우연히 처음 만났고, 이 가게 얘기를 잠깐 나눴을 뿐이야."

"자식, 거짓말하긴. '저는 미즈시마 사토루입니다!'는 뭔데!"

"아무리 봐도 작업 맞지."

"농담 그만해."

사토루가 평소와 다르게 거친 목소리로 받아쳤다.

"그 사람은 어느 부잣집 딸이거나 첩이거나 야쿠자 여자일지도 몰라."

야마시타의 말에 다카키가 한 술 더 떴다.

"야쿠자 여자한테 손댔다간 손가락 두세 개는 날아가서 디자인 그림 선이 짧아질걸."

"무슨 소리야. 손가락으로 선 길이 재는 건 아니잖아."

또다시 야마시타가 따지고 들었고, 두 사람의 말씨름은 점점 더 열기가 달아올랐다. 사토루와 다카키, 야마시타는 고등학교 시절부터 맺어온 악연인데, 아무리 봐도 만담 콤비 같은 두 사람의 익살스러운 대화는 서른을 넘긴 지금도 전혀 변함이 없다.

한편, 사토루의 머릿속은 이미 미유키라는 이름과 그녀의 웃는 얼굴로 가득했다.

그 후, 세 사람은 히로오 뒷골목에 최근에 문을 연 꼬치구이 가게로 자리를 옮겼다.

평소와 다름없이 야마시타는 회사에 대한 불만, 다카키는 술집 아가씨와 손님 사이의 시시한 야한 얘기를 하며 떠들어댔다. 사토루는 웃으며 두 사람의 대화를 들었지만, 다음 주 목요일 일정이 신경 쓰여서 견딜 수가 없었다. 정신이 딴 데 팔린 사토루를 보고, 술 취한 야마시타가 '나도 다음 주 목요일에 피아노나 가볼까.'라며 놀리기 시작했다.

야마시타의 회사는 본래 백화점 옥상에 설치된 금붕어 낚기나 팔씨름 게임, KO펀치머신 같은 아날로그 게임기를 제조했다. 그런데 인베이더게임(우주 침략자를 주제로 한 비디오게임의 하나)으로 성공한 후에는 프로그래머 수십 명을 고용해서 컴퓨터게임을 제작하고 있다. 그러나 '아날로그 게임기도 복고풍 분위기로 남겨둬도 좋을 것'이라는 나카타 회장의 가치관이 반영돼서 야마시타는 취직과 동시에 회사 창립 때부터 이어져온 옛날 게임 제작부에 배속되었다. 그곳에서 야바위 같은 UFO캐처(일본의 인형뽑기 게임) 봉제인형이나 뽑기 경품 등등 아날로그적인 완구를 만들고 있다. 컴퓨터 부서 직원들은 야마시타의 제작부를 바보 취급하며 고려장이라고 부른다고 한다.

다카키는 제법 규모가 큰 부동산회사 경영자의 아들이지만, 어머니가 일찍 세상을 뜬 후 아버지가 후처를 들여서 낳은 배다른 남동생과 여동생이 있다. 아버지는 장남인 다카키가 아니라 남동생에게 회사를 물려주었다. 그래서 다카키 몫으로 돌아온 것은 오로지 중개수수료밖에 기대할 수 없는 계열사의 작은 부동산 사무실이 전부였다. 취급하는 부동산 물건도 가난한 대학생 대상의 원룸맨션이나 다세대주택, 바람둥이 사장이 내연녀에게 얻어줄 법한 2LDK(방 2개, 거실, 식당, 부엌이 있는 집) 수준뿐이다.

술에 취한 야마시타가 말했다.

"오늘 회사에서 제작발표회가 있었는데, 다들 대단한 건 못 만들었더라고. 어떤 멍청한 녀석은 아이디어도 뭣도 아닌 삼각 훌라후프라는 물건을 들고 와서 웃기질 않나, 겐다마(실에 달린 나무 공을 칼끝에 꽂아 넣거나 접시 부분에 올려 세우며 노는 일본의 민

속놀이 장난감)의 반대인 다마켄이라는 완구를 만들어온 녀석까지 있어서 열 받았다니까."

"삼각 훌라후프는 대충 알겠는데, 다마켄은 또 뭐냐?"

다카키가 물었다.

"나무 공에 1부터 10까지 구멍이 잔뜩 뚫려 있는데, 그 공을 쥐고 끈으로 묶어둔 켄(劍, 칼)을 그 구멍에 순서대로 넣는 거야. 재미없지?"

"그걸 우리한테 왜 묻냐! 그건 재미가 있고 없고의 문제가 아니잖아. 그 자식, 용케 안 잘렸네."

"그건 그렇고, 넌 뭘 만들었는데?"

그러자 야마시타가 그 말을 기다렸다는 듯이 가방 속에서 뭔가를 끄집어내더니,

"이거야! 카멜레온 게임!"이라고 외쳤다.

가게 안의 모든 손님들이 야마시타를 주목했다. 야마시타는 자신만만하게 카멜레온의 머리와 몸통이 붙은 피리처럼 생긴 파이프를 입에 물더니 삐익 하고 불었다. 카멜레온의 입에서 둥글게 만 종이 뭉치가 혀처럼 날름 뻗어 나왔다.

"옛날에 많이 팔린 뱀 장난감이랑 똑같잖아."

다카키가 말했다.

그러자 야마시타가 "어허, 잠깐만."이라며 가방 한구석으로 손을 집어넣더니, 곤충 그림이 그려진 작은 종잇조각 여러 개를

꺼내서 카운터에 올려놓았다.

"잘 봐, 카멜레온으로 이 벌레를 잡는 게임이야."

말 그대로 작은 종잇조각은 파리나 메뚜기, 잠자리 같은 곤충을 본 따 만든 것이었다.

"이걸 자동으로 돌아가는 테이블 위에 놓고, 가족이나 친구끼리 이 벌레들을 잡는 게임을 하는 거지."

"어떻게 잡아?"

"그 방법이 좀처럼 안 떠올라서 고생했는데, 카멜레온의 혀끝에 양면테이프를 붙여두면 곤충이 들러붙지. 그리고 곤충마다 점수가 붙어 있는데, 파리는 5점, 메뚜기는 10점, 잠자리는 15점, 바퀴벌레는 마이너스 5점이야! 이건 진짜 재밌을걸!"

"야야, 징그럽다, 누가 그런 바보 같은 게임을 하겠냐."

다카키가 어처구니가 없다는 듯이 웃으며 말했다.

"직원들 반응은 어땠어?"

사토루가 물었다.

"직원들 앞에서 해봤는데, 혀가 양면테이프에 엉겨 붙어서 잘 안 나오지 뭐냐."

야마시타가 자학적으로 중얼거렸다.

그것 보라는 듯, 셋 다 깔깔대며 웃고 말았다.

술기운이 점점 오르면서 다카키는 임대 맨션을 보러 온 여자에게 속아서 임대료를 깎아주었다는 이야기, 야마시타는 손에

백곰 장갑을 끼고 튀어나오는 바다표범을 때리는 백곰게임이라
는 걸 만들었는데 두더지게임이랑 다를 게 전혀 없다고 퇴짜 맞
은 이야기를 풀어놓아서 술자리 열기는 더욱 고조되었다.

그쯤에서 젊은 직장인으로 보이는 아가씨 셋이 가게로 들어
왔다.

그러자 약삭빠른 다카키가

"아가씨들, 여길 좀 좁히면 셋이 앉을 수 있어요."

라며 옆자리 남자에게 양해를 구하고, 무리하게 공간을 만들었다.

혼자 술을 마시던 중년 직장인이 성가시다는 듯이 자리를 내
주었다.

"자자, 여기 앉으세요."

다카키가 여자들에게 자리를 권했다.

"우린 대학 동기고 IT관련 일을 하는데, 오랜만에 부담 없이
마셔보자고 이 가게에 처음 와봤어요. 그런데 의외로 맛이 좋군
요."

여자들은 의심스런 눈치였지만, 그래도 애써 미소를 지어보이
며 자리에 앉았다. 다카키는 그 세 아가씨를 데리고 2차, 3차까
지 돌고, 잘만 풀리면 각자 호텔이라도 데려갈 기세였다.

"대학 졸업하고 각자 다른 IT회사에 취직했는데, 이젠 슬슬 독
립해서 셋이 IT관련 회사를 창립할까 상의하는 중이었어요."

"아마존이나 구글처럼."

야마시타가 누구나 다 아는 회사 이름을 끄집어냈다.

여성들은 다카키의 사탕발림에 혹했는지,

"어머, 대단하다! 청년실업가가 되는 거네요." 하며 환호성을
질렀다.

"뭐, 첫해 이익은 5억 엔에서 10억 엔 정도겠지만, 몇 년 지나
면 100억 엔은 가볍게 달성하겠죠."

그 말을 들은 아가씨들이 감탄사를 지르며 흥미를 드러내고
있을 때, 야마시타가 다카키에게 나지막한 목소리로 속삭였다.

"야, 이 가게 포장 가능하냐? 아내랑 애한테 간이랑 네기마
(파와 닭고기로 만든 꼬치구이) 꼬치 세 개씩 사가기로 약속했는
데⋯⋯."

사토루는 마시고 있던 소주를 내뿜고 말았다. 아가씨들과 다
카키의 굳어버린 표정이 사토루의 웃음을 더욱 부채질했다. 물
수건으로 사방에 튄 술을 닦으면서 눈물이 나올 만큼 배꼽을 잡
고 웃고 말았다.

여성들이 도망치듯 돌아간 후, 다카키가 노래방이나 가자며
혼자 계산했고, 셋이 가게 밖으로 나왔다. 다카키가 야마시타에
게 덤벼들었다.

"야 인마, 한창 작업 중인데, 마누라랑 애 선물을 주문하는 놈
이 어딨어! 간이랑 네기마 꼬치 세 개씩은 뭐고?"

"그야 사가기로 약속했으니까⋯⋯."

"분위기 파악 좀 해라, 분위기! 그 여자들이 오기 전에도 마찬가지야."

"뭐가?"

"뭐가라니! 네가 음식 먹는 데서 카멜레온이니 바퀴벌레니 떠들어댔잖아! 다른 손님들이 모두 인상 쓰는 것도 안 보이냐?"

술주정뱅이 셋이 뒷골목을 걸어가며 떠나갈듯이 웃어댔다. 사토루는 남자끼리의 교제는 역시 좋구나, 생각하면서도 이럴 때 그녀도 함께 있었으면…… 하고 미유키를 떠올리는 스스로에게 놀랐다.

"좋아! 노래방 가서 신나게 노래하고, 소프(일본의 성매매업소) 가자!"

다카키가 외치자, 야마시타가 그 말을 받았다.

"소프는 네가 좀 쏴라~."

"소프에도 간이랑 네기마 꼬치 들고 갈 거냐? 구글처럼 될 거라고, 웃기고 있네. 이런 또라이 자식."

사토루도 야마시타를 공격하며 크게 웃어댔다.

사토루가 집에 돌아온 시각은 새벽 3시가 넘어서였다. 미타에 위치한 사토루의 맨션은 지은 지 20년 된 2LDK다. 지하에 자동차 2대를 주차할 공간이 있고, 그중 하나는 사토루가 임대해서 쓰고 있다. 다카키의 연줄로 취직과 동시에 아주 싸게 임대했다.

집으로 들어서자 늘 그렇듯 불단에 놓인 아버지의 영정사진을 보며 향을 올리고, 내일(이미 오늘이지만) 어머니에게 문병을 간다고 보고한 후, 책상 앞에 앉았다. 내일 오후에 첫 번째로 열리는 프레젠테이션을 준비하기 위해 홍차를 끓인 후, 요즘 맡고 있는 이탈리안 레스토랑의 색조와 가구, 키친의 배치를 고민하기 시작했다.

프레젠테이션이니 뭐니 하는 외래어는 싫지만, 일본어로 바꾸면 제시나 제안 정도겠지. 왠지 양쪽 다 인간미가 없는 말 같다.

오늘은 밤샘 작업할 각오를 다지고, 책상 위에 도면과 색견본, 마분지 같은 재료들을 준비했다. 컴퓨터를 이용하면 훨씬 빨리 완성할 수 있겠지만, 수작업과 완성된 후의 입체감이 좋아서 고집스럽게 아날로그 방식으로 디자인하는 버릇이 배였다.

요즘 사람들은 스마트폰을 능숙하게 활용하지만, 사토루는 왠지 스마트폰에 위화감을 느꼈다.

점심 전까지는 마치겠거니 예상하고 시작했는데, 레스토랑의 메인컬러와 테이블, 의자 등의 배치를 고민하면서 자기도 모르게 자꾸만 미유키가 이 디자인을 좋아할까 생각하게 된다.

목요일까지 기다리긴 너무 멀다. 그전에 피아노에 가볼까, 다시 만날 수 있을까, 이런저런 잡념에 정신이 팔려서 좀처럼 디자인에 집중할 수 없었다. 그래도 미유키와 데이트할 이탈리안 레스토랑을 디자인한다고 마음을 다잡자, 갑자기 일이 즐거워져서 뜻밖의 아이디어가 술술 떠오르며 정리되어 갔다.

점심 무렵이 다 되어 마침내 견본이 완성됐다. 양 팔로 안아 자동차 조수석에 내려놓고, 가끔씩 이용하는 집 근처 식당 '요시카와'에 들러서 오늘의 정식을 주문했다. 사토루는 불현듯 자기가 어릴 때부터 집밥이란 걸 먹어본 적이 별로 없고, 일하기 시작한 후로도 여전히 식당밥을 먹고 있다는 생각이 떠올랐다.

다카키는 예외지만, 우리 또래들은 모두 가정을 꾸려서 아내가 만들어주는 요리를 먹으며 아이들과 즐겁게 대화를 나누겠지. 사토루에게는 그런 경험이 없었다. 꿈같은 얘기겠지만, 미유키와 데이트하고 훗날 결혼하고, 아이가 생겨서 따뜻한 가정을 꾸릴 수 있으면 얼마나 좋을까…… 그런 망상에 빠져 있는데,

"사토루 씨, 오래 기다리셨어요!"

식당의 간판격인 딸 히로코가 웃는 얼굴로 옆에 서 있었다. 이 식당의 외동딸로 고등학교를 졸업한 지 얼마 안 돼서 아직 젊다. 그런데 보통 아가씨들처럼 아이돌이나 음악에는 별 흥미가 없는지 부모님을 도와 열심히 가게를 꾸려나갔다.

점심시간 전이라 아직은 한가하지만, 밥 먹을 시간이 되면 주변 자영업자 아저씨나 중소기업 직원들로 자리가 꽉 찬다. 별로 큰 가게는 아니지만, 부모자식 셋이 부지런히 일한다. 히로코도 그녀의 부모도 사토루에게 호의를 품었는지 자주 말을 건넨다. 똑같은 정식을 주문해도 다른 손님들 모르게 색다른 반찬을 덤

으로 내주기도 하고, 메뉴를 오므라이스로 바꿔주기도 한다. 한 번은 사토루 옆에 앉은 직장인이 똑같은 정식을 시켰는데, 너무 다른 반찬에 놀라 어이없어했던 적도 있다.

식당 주인은 혹시 사토루와 딸을 엮어서 식당을 물려줄 심산인가 싶을 때도 있다. 싫지는 않지만, 자기가 정식을 만들고 히로코가 손님을 접대하며 가게를 꾸려나가는 모습을 상상해보니, 그의 호의를 마냥 기뻐할 수만은 없을 것 같아 왠지 좀 미안했다.

"사토루 씨, 지금 회사 가요?"

히로코가 말을 걸었다.

"오늘은 점심때까지 인테리어 견본을 만들어야 해서 밤새 일 했어요."

사토루가 하품을 애써 참으며 기지개를 켜고 대답했다.

"매번 다른 가게 디자인을 생각해내려면 힘들겠어요."

히로코가 웃으며 말을 받고, 다른 테이블로 갔다. 사토루는 그녀를 줄곧 착한 아가씨라고 생각했지만, 지금은 머릿속에 온통 미유키뿐이다.

딱 한 번 만났고 그녀에 관해 아무것도 모르는데, 이렇게 좋아하는 게 이상하다는 생각을 하면서도 보리차를 마시며 인간은 다 그런 존재라고 편할 대로 해석했다.

프레젠테이션이 끝난 시각은 2시 무렵이었다. 이와모토는 사토루의 작품을 보고 일단은 수정을 요구했지만, 그 표정으로 보아 그리 싫지는 않은 느낌이었다. 이번에도 또 의뢰인에게는 자기 디자인이라며 제안하겠지.

회의가 끝나자마자, 사토루는 어머니가 있는 요양원으로 향했다. 어머니가 입원한 곳은 사이타마 히가시마쓰야마에 위치한 특별요양 노인홈으로 도심에서 두 시간가량 걸린다.

야마시타의 소개로 산 중고 BMW는 기어 변속이 신통찮아서, 고속도로에서는 문제가 없지만, 도로가 막히면 바로 노킹 현상이 일어난다. 요양시설로 가는 시골길에서 드륵드륵 소리를 냈고, 클러치를 몇 번씩 밟아서 기어를 바꿔야 했다.

자동차에 흥미가 없는 건 아니지만, 현재 경제 상태에서는 차에 돈을 쓸 형편이 아니라 싸지도 않고 턱없이 비싸지도 않은 이 차로 만족하고 있다. 비조기, 오이즈미 주변에서 잠깐 막혔지만, 그럭저럭 별 문제 없이 요양원에 도착했다.

노인홈은 높은 언덕에 있어서 마을이 한눈에 내려다보인다. 히가시마쓰야마는 원래 역참마을이었는데, 지금은 주택단지와 공업단지까지 들어서서 창밖으로 내다보면 마음이 편안해지는 경치는 아니다. 노인홈 앞의 광장은 일부가 주차 공간이고, 자동차 한 대당 주차비 백 엔을 받는다.

주변에 우거진 잡초도 베지 않아 흡사 망해서 문 닫은 공장 같다.

경비원 한 명이 정문을 지키고 있는데, 이 정도 경비로 시설 전체를 잘 지킬 수 있을 것 같진 않다. 이곳에 어머니를 입원시킨 자신이 서글펐다. 도쿄에 살았던 어머니가 몇몇 병원을 전전하다 마지막에 정착한 곳이 이렇게 멀고 연고도 없는 낡은 시설이라는 사실에 회한이 일었다. 일본의 의료제도는 괜찮은 편이라고 하는데, 생각하면 납득이 가지 않았다.

문병을 가려면 왕복 네 시간 가까이 걸리다 보니, 불효인 줄 알면서도 일이 바쁠 때는 엄두가 안 난다. 이 노인홈은 다카키의 숙부가 이사를 맡고 있어서 온갖 수단을 동원해 어머니를 받아주었다. 정기적으로 의사 진찰도 받을 수 있고, 다양한 상담도 해주니 감사해야지…… 생각은 하지만.

노인홈 입구에서 간병인인 기무라 씨를 만났다.

"미즈시마 씨, 아사이 선생님이 잠깐 드릴 말씀이 있다고, 어머님 병실에 가시기 전에 들러 달래요."

기무라 씨는 다카키의 중학교 동창이라고 했다. 얼굴 생김새가 어딘지 모르게 다카키랑 닮아서 왠지 친근감이 느껴졌다.

4층 진찰실에 있는 아사이 의사를 찾아가자, 얼마 전 어머니가 침대에서 떨어져서 골절된 오른쪽 손목에 관해 경과 설명을 해주었다. 젊은 시절부터 영양 부족인데다 나이가 들어 골다공증이 생겼는지, 앞으로도 골절상을 입기 쉽다고 한다. 어머니에게 약해진 허리와 대퇴부에 금속 기구를 넣는 수술을 권하면서 보호자 의견을 들어보고 싶다고 했다.

뭐라고 대답해야 좋을지 몰라 일단은 감사인사만 하고, 어머니 병실로 향했다.

병실은 4인실로 침대 사이는 두툼한 커튼으로 나뉘어져 있지만, 대화 내용은 훤히 다 들린다. 그래서 매번 중요한 얘기는 거의 못 나누고, 잠깐 앉아서 문병만 하고 만다.

어머니는 자고 있었다. 그런데 '어머님이 젊은 시절부터 영양을 골고루 섭취하지 못한 것 같던데요.'라던 의사선생님의 말이 자꾸 마음에 걸렸다.

아버지가 죽고 집세, 사토루의 교육비, 끊이지 않고 사다준 크레용과 도화지, 당신은 안 먹고 집에 가져온 도시락과 과자……이런저런 추억들이 뇌리를 스쳐서 사토루는 침대 옆에 앉아 잠든 어머니를 보며, 자기도 모르게 소리 내어 울고 말았다.

어머니가 잠에서 깼는지 사토루를 지그시 바라보며 미소를 지었다.

"어머니, 손 괜찮아요?"

아플 게 빤한데도 그렇게 물을 수밖에 없었다.

"괜찮아. 발이 살짝 미끄러져서 손으로 짚다 삐끗했을 뿐이야. 별 일 아냐, 걱정할 거 없어."

하지만 선생님이, 라고 입을 뗐지만, 조금 전 들었던 수술 이야기를 차마 꺼내지 못했다.

"좀 주무세요, 어머니. 난 좀 있다 다시 일하러 가야 해요."

나중에 돌이켜보니 얼마나 냉정하고 사무적인 말을 해버렸나 후회스러웠다.

"넌 늘 바쁘잖니? 여긴 너무 머니까 자주 안 와도 돼."

어머니가 오히려 마음을 써주었다.

"지금 하는 일은 시간은 언제든 만들 수 있어요."

어머니의 베개 위치를 바로잡고 담요를 다시 덮어주던 사토루는 어머니에게 아무 효도도 못하고 은혜도 못 갚았다는 자책감에 또다시 눈시울이 뜨거워졌다.

돌아가는 고속도로는 늘 그렇듯 합류 지점에서 정체되었다. 사토루의 마음은 조금 전 문병하고 온 어머니 생각으로 가득했다. 만약 어머니의 뼈가 더 약해져서 못 움직이게 되면 어떻게 하나, 지금도 기력이 많이 떨어진 느낌이던데…… 이런저런 고민들이 연이어 떠올랐다.

간신히 집에 도착해서 평소처럼 아버지 영정에 향을 올리고 손을 모았다. 사토루는 어머니의 상태와 자신의 한심스러움을 작은 목소리로 중얼거리며 보고했다.

아버지는 가나가와에서 대대로 농사를 지어온 작은 농가의 장남이었다. 그런데 농사를 이어받기 싫었는지 남동생에게 가업을 양보하고 그 지역 공업고등학교에 진학한 후, 대기업 자동차업체의 하청으로 꽤 실적이 높은 시나가와의 자동차부품 공장에 입사했다. 그곳에서 사무직으로 일했던 어머니와 만난 모양이다.

결혼하고 순풍에 돛단 듯이 순조로운 삶이었는데, 사토루가 초등학교에 들어가기 직전에 아버지가 악성 암에 걸려 반년 만에 급사했고, 그때부터 어머니의 고생이 시작되었다.

어머니는 아버지 얘기를 거의 하지 않았다. 불효일지 모르지만, 사토루도 아버지에 대한 기억은 거의 없다. 그나마 어렴풋하게 나는 기억은 늘 잔업에 지쳐서 돌아온 아버지 모습뿐이다.

어머니는 화가 같은 예술가가 되고 싶었는지 사토루에게 그림책이나 색칠 공부책을 자주 사다주었다. 자기가 하지 못했던 것을 아들에게 시키고 싶었던 모양이다.

'그래서 네가 디자인학교에 가고 싶다고 했을 때, 반대하지 않았다.'는 말을 어머니에게 들은 적이 있다. 하지만 어머니를 생각한다면 좀 더 노력해서 학비가 싼 국립대학에 들어갔어야 했다고 사토루는 반성하고 있다.

토요일은 점심때까지 멍하게 지냈다. 점심에는 홍차를 끓이고, 밖에서 먹으면 그럭저럭 비주얼이 나올 법한 빵과 햄에그 요리를 만들어봤다. 그렇지만 후줄근한 속옷 차림으로 업무 책상에서 우적우적 먹는 모습을 누가 옆에서 봤으면, '무슨 인테리어 디자이너가 저래.'라고 생각했겠지.

오후에 재미도 없는 텔레비전 프로그램을 보고 있는데 휴대전화가 울렸다. 누구인가 보니 다카키였다. 시로카네에 있는 맨션에서 지금 막 일이 끝났으니 차라도 한잔하자고 했다.

잔디밭이 있는 근처 찻집에서 만나기로 약속했다. 속마음은 미유키와 우연히 만났던 피아노에 가고 싶었지만, 다카키에게 괜한 놀림을 받기는 싫었다.

그러나 사토루의 머릿속은 목요일에는 무슨 일이 있어도 미유키를 만나러 피아노에 가겠다는 생각으로 가득했다.

키가 큰 다카키는 늘 그렇듯이 하얀 양복에 빨간 넥타이 차림이었고, 변함없이 웨이트리스에게 집적거리고 있었다. 금발이었으면 트럼프 대통령과 비슷했을 것이다.

"왜 웃어?"

"아무것도 아냐."

"속으로 또 저런 바람둥이 자식 했겠지."

남의 눈도 아랑곳없이 다카키가 큰 목소리로 말했다. 나쁜 녀석은 아니지만, 품위가 없고 뻔뻔스럽다. 그래도 미워할 수 없는 놈이라는 생각에 웃음이 솟구쳤다.

"아, 참! 오늘, 엄청난 사건이 있었어."

웨이트리스가 사토루에게 주문을 받으러 왔는데도 그녀를 가로막듯 다카키가 먼저 입을 열었다.

"아, 죄송합니다. 홍차에 우유 넣은 걸로."

당황해서 사토루가 주문을 이상하게 해버렸다.

"밀크티 말씀이시죠?"

라고 확인한 웨이트리스가 자리를 뜨자마자,

"아 글쎄, 조금 전에." 다카키가 얘기를 풀어놓기 시작했다.

다카키의 부동산에 나이가 지긋한 노인과 아무리 봐도 술집여자 분위기가 물씬 풍기는 여자가 와서 시로카네에 있는 임대맨션을 보고 싶다고 했단다. 다카키는 방이 두 개지만 25만 엔쯤 하는 조금 오래된 집을 소개했다. 그 집에는 전에 살던 사람이 두고 갔는지 소파 하나가 놓여 있었다.

노인과 여자가 거기 앉아 집을 둘러보며, '이런 데 오래 두지 않을게. 금방 더 좋은 집으로 옮겨줄 거야.' 어쩌니 저쩌니 하며 노인이 느끼한 표정으로 여자를 설득했다고 한다.

다카키 눈에 썩 괜찮은 여자는 아니다 싶었지만, 뭔가 좋은 점이 있겠거니 했다. 여자는 마지못해 '반년 이상은 싫어.'라고 교태를 부리며 노인의 품으로 파고들었다.

노인은 다카키가 신경 쓰였는지,

"나머지 자세한 사항은 자네가 이 애한테 좀 설명해주게. 난 지금 은행에 가봐야 해서." 하고는 나가버렸다.

두 사람만 남게 되자, 여자가 갑자기 노인의 험담을 늘어놓기 시작했다.

냄새 나는 노인네라느니, 대머리라느니, 구두쇠라느니, 거짓말쟁이라느니 투덜거리더니 어느새 다카키 곁으로 바짝 다가와 서는, '이왕 사귈 바엔 당신 같은 남자가 이상적인데.'라며 끌어 안았다고 한다.

다카키는 물론 싫지 않았다. 당장 여자의 속옷을 내리고, 자기 도 바지를 벗고 막 일을 치르려는 순간, 느닷없이 문이 벌컥 열 리더니 노인이 깜박하고 간 가방을 가지러 왔다며 들이닥쳤다.

"문을 안 잠근 게 완전 실수였어. 설마 여자랑 그럴 때 돌아올 줄이야……."

밀크티를 들고 온 웨이트리스도 무시하고, 다카키가 단숨에 얘기를 풀어놓았다. 사토루는 너무나 황당하고 어이없는 사건에 배꼽을 잡고 웃었다.

그 대머리 노인은 현(県) 의회 의원으로 토건업체 사장이었다. 가시 돋친 목소리로 알고 지내는 야쿠자 얘기에 다카키의 부동 산을 망하게 하겠다느니 어쩌니 온갖 협박을 한 모양이다. 다카 키가 그 상황을 우스꽝스럽게 풀어놔서 눈 깜짝할 새에 시간이 지나버렸다.

"그래서 얘기가 어떻게 마무리된 거야?"

"결국 한 달 임대료를 안 받는 선에서 마무리했지."

다카키가 태연하게 대답했다.

"한 달 임대료로 납득하는 노인도 노인이지만, 그 여자도 똑같 네."

"무슨 소리야! 그 대머리 노인네한테는 그 여자랑 한 번 하는데 25만 엔의 가치가 있다는 뜻인데. 난 심지어 하지도 못했고……."

멍청하다고 할까, 대단하다고 할까, 사람은 정말 다양하다. 사토루는 또다시 웃고 말았다.

그 후, 핑계를 잘 둘러대서 처자식이 있는 야마시타까지 불러내서 지난번에 갔던 꼬치구이 집에서 조금 전에 들은 다카키 사건으로 이야기꽃을 피웠다.

거나하게 취해서 자리에서 일어서려는데, 야마시타가 웬일로 '오늘은 내가 쏠게.'라며 계산대로 걸어갔다.

그러자 다카키가 미심쩍은 표정으로 말했다.

"오늘은 하루 종일 이상하네. 별별 일이 다 일어나. 네가 한턱낸다고 하질 않나, 대머리 노인네한테 협박당하질 않나…… 이러다 운석이라도 떨어지는 거 아냐?"

"네가 무슨 돈이 있어?"

사토루가 물었다.

"회사에서 인사이동이 있었는데, 제작기획팀에서 현장 기계 수리팀으로 배정받았어. 어제부터 외근이야. 게임센터 같은 데서 여러 기계들을 수리하다 보니, 개중에는 동전이 가득 차서 줄줄 흘러나오는 것도 있더라니까. 봐! 이 동전 뭉치!"

야마시타가 주머니에서 동전을 잔뜩 끄집어냈다.

"야, 그건 도둑질이잖아!"

다카키가 말하자, 야마시타가 바로 받아쳤다.

"참 나, 뭘 말을 그렇게 기분 나쁘게 하냐. 이건 습득물이야, 습득물."

"뭐, 이러나저러나, 아무렴 어떠냐. 빨리 계산이나 해. 미즈시마랑 밖에서 기다릴 테니."

가게 밖에서 지켜보는데, 야마시타가 계산대 앞에서 죽어라 동전을 늘어놓고 있었다.

돌아온 월요일, 조금 일찍 출근해서 지금 담당하고 있는 이탈리안 레스토랑의 인테리어 회의에 참석했다.

이와모토의 말에 따르면, 레스토랑 주인이 사토루가 제안한 프레젠테이션이 마음에 안 든다고 한 모양이다. 이번 주 안으로 수정하라고 했다. 너무 제멋대로라 어처구니가 없었지만, 무슨 수를 써서든 목요일 6시 전까지는 이 일을 마무리 지어야 한다고 생각했다.

오후에 이와모토와 동년배인 레스토랑의 오너쉐프가 회사를 방문하니, 직접 얘기를 나누며 그쪽 의견을 들어보라고 했다. 사토루는 일을 통째로 떠넘겨버리려는 이와모토의 속셈이 훤히 들여다보였다. 홍차를 마시며 기다리고 있자, 예의 그 오너쉐프가 고개를 꾸벅꾸벅 조아리며 사무실로 들어왔다.

디자인을 불평한 것치고는 몹시 저자세를 보이는 남자였다. 여기서는 자기가 고객인데, 아무래도 남에게 고개를 숙이는 버릇이 몸에 밴 탓인지도 모른다. 얼굴을 보니 도저히 이탈리안 레스토랑의 오너쉐프 같지 않았다. 시골 산속에 뒹구는 도토리처럼 면도 자국이 새파랬고, 작은 눈이 콕 찍혀 있는 빡빡머리였다. 그렇지만 순박하고 정직해 보이는 인물이었다.

레스토랑이 니혼바시의 사무빌딩 지역과 가까워서 점심때는 회전을 빠르게 해주는 빨강을 기조로 한 색조가 좋지만, 밤 영업을 고려하면 손님에게 안정감이 없을까 걱정된다고 했다. 그러니 오픈키친이나 테이블 색과 배치를 다시 고민해달라고 했다. 이와모토는 또다시 늘 그렇듯이 비바이시(benefit by cost)니 버짓이니 인바운드니 케파시티니 운운하며 맞장구를 쳤지만, 방해만 될 뿐 협의에는 전혀 도움이 되지 않았다.

이마무라와 요시다 히카리는 낮과 밤에 조명을 변화시켜서 낮에는 붉은 색을, 밤에는 은은한 붉은색을 띠게 라이팅을 바꿔보면 어떠냐며 각자 의견을 내놨다.

이와모토가 미즈시마 생각은 어떠냐고 물었다. 사토루는 속으로 애당초 내 기획을 자기 혼자 다 고안한 것처럼 자신만만하게 프레젠테이션하더니 이제 와서 뭔 소린가, 생각했지만, 뭐든 의견은 제시해야 할 것 같아서 적당히 떠오른 생각을 말해봤다.

"낮과 밤의 레스토랑 분위기를 돈을 안 들이고 바꾸는 게 가장 큰 문제니까, 어떻게 하면 간단하고 저렴하게 바꾸느냐가 관건이겠죠."

"낮 시간대 가게에 어떻게 손을 봐서 밤 영업에 대응하느냐가 문제겠군요."

사카가미가 같은 말을 되풀이했다.

사토루는 속으로 '이 자식, 바보야.'라고 생각하면서 무시하고 말을 이었다.

고민하며 얘기를 하는 중에 어린 시절 크레용으로 도화지에 그림을 그리면서 그 그림의 이야기를 제멋대로 창작했던 기억이 떠올랐다.

"아예 과감하게 낮과 밤에 가게 이름을 바꿔보면 어떨까요?"

스스로도 엉뚱하다고 생각하면서도 속내를 들키지 않으려고 단숨에 말했다.

"낮에는 밀라노나 피렌체, 밤에는 사르데냐 같은 걸로 간판 로고 두 개만 만들면 끝이에요. 그리고 오픈키친은 낮에는 밝게, 밤에는 어둡게 하고, 테이블보 색을 바꾸고 종업원 복장도 낮과 밤에 다른 색으로 하면 어떨까요? 비용은 별로 안 들 것 같은데."

스스로도 괜찮은 애드리브라는 생각이 들었다. 이건 다카키와 야마시타와 교제한 영향이 아닐까 하며 지난번 들었던 웃긴 얘기를 떠올리자, 또다시 엉겁결에 웃음이 터질 뻔했다.

의뢰인인 도토리 사장이 사토루의 제안에 매우 감탄했는지, 다른 의견을 다 들어보기도 전에 그 정도 선에서 진행해보자며 기쁘게 돌아갔다.

이와모토는 사토루의 기지가 발휘된 의견으로 고객 사장을 납득시킨 게 화가 났는지,

"이봐, 미즈시마, 이 건은 자네가 책임지고 이번 주 내로 처리해."

라며 무리한 지시를 내렸다.

이번 주 내라면 금요일까지 하라는 뜻 아닌가, 그럼 목요일 저녁에는 도저히 피아노에 갈 수 없다. 사토루는 마음이 조급해졌다. 그러나 자기가 꺼낸 말이다. 이와모토나 다른 세 사람에게 의지할 수는 없었다.

사토루는 필사적으로 작업에 돌입했다. 어차피 공적은 이와모토가 가로채겠지만, 겨냥도를 다시 한 번 책상 위에 펼쳤다. 원래 양식당으로 운영하던 곳을 설비까지 통째로 임대한 가게라 주방과 화장실은 그대로 사용할 수 있지만, 만약 새로 바꾸기로 하면 상당한 대규모 공사가 필요해진다.

겨냥도 안에 일단 장소가 결정된 주방과 화장실을 써넣었다. 그리고 테이블과 의자 배치를 그려 넣었다. 그리고 미니어처 테이블과 의자에 색을 칠하고, 전문은 아니지만 낮과 밤의 간판 로고를 고민해서 입구에 배치해봤다. 학창시절 공작시간을 떠올리

게 하는 작업에 돌입했다. 어떻게든 목요일 저녁까지는 마칠 수 있도록 며칠 밤샐 각오를 다졌다.

저녁시간이 되자 일에 몰두하고 있는 사토루는 아랑곳 않고, 이와모토를 비롯한 다른 직원들이 퇴근해버렸다. 심지어 이와모토는 '미즈시마, 클라이언트가 기대하고 있으니 좋은 결과물을 만들어야겠지.'라며 자기 책임을 사토루에게 다 떠넘기고도 태연한 표정을 지었다.

월요일 오후부터 시작해서 화요일, 수요일까지 식사와 화장실 외에는 자리를 뜨지 않고 일에만 몰두했다. 그동안 이와모토와 다른 직원들은 사토루의 일을 거들기는커녕 잡담을 나누거나 업무와 관련된 잡지를 읽으며 한가하게 시간을 보냈다.

어떻게든 시간 안에 마치려고 필사적으로 일했지만, 이런 일은 하나를 바꾸면 다른 부분도 모두 어긋나게 마련이다. 바닥 타일 무늬나 벽 색깔 하나만 바꿔도 전체에 영향을 미친다. 예전에 학교 선생님이 처음부터 다시 시작하는 인내력과 상상력이 필요하다는 말을 하긴 했지만, 정말 그 말이 실감났다. 막상 일을 시작하고 보니, 삼도천 강가에서 아이가 돌을 쌓으면 귀신이 나타나 무너뜨려버린다는 이야기, 개미가 사막에 몇 십 년 동안 만들어놓은 굴을 사람이 발로 뭉개버리는 느낌이 절로 들었다.

원래 혼자 하는 작업에 익숙한 사토루였지만, 아무래도 많이 피곤했는지 정신을 차려보면 소파에 잠들어 있을 때도 있었다.

그래도 편의점 빵과 컵라면과 진한 차로 견뎌내며 버티자, 목요일 새벽까지는 간신히 끝날 것 같은 전망이 보였다. 오후까지 힘을 내면, 금요일에는 모든 사람 앞에 내놓을 수 있는 정도까지 마무리되었다.

그러나 월요일부터 하루도 목욕을 못 했고, 속옷과 옷도 못 갈아입었다. 이 상태라면 오늘 저녁에 수염이 덥수룩한 얼굴로 그 사람을 만나야 한다. 이유를 설명하고 사과하면 될까 생각하던 차에 문득 불안이 스치고 지나갔다. 오늘 그녀가 꼭 온다고 장담할 수도 없고, 이번 주 목요일에 만나자는 약속을 한 것도 아니었다. 역시 연락처를 물어볼걸 그랬나…… 사토루는 몰려오는 불안감에 후줄근한 옷도 지저분하게 자란 수염도 잊은 채 한동안 멍하니 있었다.

출근한 직원이 사토루의 책상에 펼쳐진 레스토랑 인테리어 샘플을 보고 깜짝 놀랐는지,

"밤샘했어요?"

"얼굴색이 장난 아니네."

라는 말들을 건네며 노고를 치하했다.

이와모토는

"내 어드바이스를 여러 면에서 잘 살렸군. 이 정도면 클라이언트도 안심하겠지."

라며 벌써부터 자기 공적으로 돌렸다.

오후에 서둘러 퇴근한 사토루는 그녀가 올지 안 올지 모르는 불안감을 안고 피아노로 향했다. 며칠간의 피로 때문에 현기증을 느끼면서도 히로오까지 어슬렁어슬렁 걸어갔는데, 피아노가 가까워질수록 긴장감이 높아져서 오히려 머리는 더 맑아졌다.

사토루는 기도하는 심정으로 가게 유리 너머로 안을 힐끗 들여다봤다.

있다!

그제야 마음이 놓였다. 다행이야! 안도감이 가슴속으로 퍼져 갔다.

그러나 한편으로는 오래 전에 읽었던 옛날이야기 내용이 떠오르기도 했다. 그 이야기는 틀림없이 있어야 할 그녀가 지장보살이 되어 앉아 있었다는 결말이었다. 왜 하필 이런 순간에 그런 이야기가 떠오를까. 어쨌든 그녀가 있다. 마냥 기뻤다.

다행히 그녀 주변 테이블은 비어 있었다. 시선을 느꼈는지 미유키가 이쪽으로 고개를 돌리더니, 오랜만이라는 듯이 미소를 지었다.

사토루는 그녀 옆에 서서,

"여기, 앉아도 될까요?"

라고 떨리는 목소리로 바보처럼 묻고 말았다. 지난번에 그녀를 만났을 때는 아무렇지 않게 얘기했으면서…….

"물론이죠. 앉으세요."

대답한 그녀는 웃음을 참느라 그런지 묘하게 진지한 표정이었다.

"철야를 계속하다 오늘 오후에야 겨우 일이 일단락됐어요." 라고 말한 사토루는 갑자기 자기 모습이 부끄러워져서, 얼른 사과했다.

"죄송합니다! 이렇게 더러운 옷차림에 얼굴도 엉망이라서."

그녀와 잠시 얘기를 나누고 나니, 간신히 마음이 차분해진 기분이 들었다.

"일이 많이 바빴어요?"

그녀가 물어서 지금 담당하고 있는 이탈리안 레스토랑의 사장 방침이 바뀌어서 비용을 들이지 않고 밤낮의 영업 분위기를 바꾸는 의논을 하게 됐고, 그 요구에 맞추기 위해 철야를 계속하게 된 얘기, 상사인 이와모토가 사토루의 아이디어를 또다시 자기 공으로 돌리려고 한다는 얘기들을 줄줄이 풀어놓았다. 수면 부족과 긴장감 탓인지 말이 많아지고 말았다.

그녀는 싫어하는 기색도 보이지 않았고, 화제를 돌리려고도 하지 않았다. 가끔 웃거나 진지하게 맞장구를 쳐주며 얘기를 들었다.

사토루는 용기를 내서

"이런 차림새로 실례겠지만, 혹시 저녁 안 드셨으면 식사라도 하러 갈까요?"

하고 그녀에게 청했다.

"차림새 같은 건 상관없어요. 전 좋아요."

그녀가 사토루의 청을 순순히 받아주었다.

이와모토나 직원들이 미팅 장소로 자주 이용하는 이치노하시에 있는 이탈리안 레스토랑은 그다지 고급은 아니지만 소믈리에의 평판이 상당히 좋다. 사토루는 잘 모르지만, 싸고 맛있는 와인을 골라주는 듯했다.

여성과 식사해본 경험이 거의 없어서 옆자리 손님에게 자기의 서툰 대화가 들리면 창피하겠다 걱정했는데, 식당에 도착하자 안쪽에 있는 작은 2인용 자리로 안내해줘서 마음이 놓였다.

소믈리에가 와인 리스트를 들고 와서 '음료는 뭐로 하시겠습니까?'라고 물었다.

사토루가 그녀에게 물었다.

"뭐가 좋으세요?"

그러자 그녀가

"글라스 샴페인 있나요?"라고 주문했다.

그 모습이 아주 익숙한 분위기라 사토루는 또다시 긴장하고 말았다.

"손님께서는?"

질문을 받은 사토루는 엉겁결에 '같은 걸로 주세요.'라고 대답하고 있었다. 바로 그 순간, 외국인이 일본인을 험담할 때 '같은 걸로 주세요!'라는 말을 자주 지적한다는 생각이 퍼뜩 떠올랐지만, 조바심만 날 뿐 다른 말은 떠오르지 않았다.

식사 메뉴를 받았지만, 사토루는 여전히 그녀가 주문한 후에 '같은 걸로 주세요.'라는 말만 반복했다.

요리를 기다리는 동안 사토루가 쑥스러움을 감추듯 말을 건넸다.

"오늘 과연 미유키 씨가 올까 걱정하며 갔는데, 내심 많이 불안했는지 자리에 앉아 있는 모습을 본 순간 정말 기뻤습니다."

미유키 옆 의자에 쇼핑백이 있어서, 사토루가 물었다.

"쇼핑했어요?"

"아뇨, 그냥 한가하게 잠깐 걸었어요."

"저는 긴자나 오모테산토의 명품숍에서 쇼핑했나 했습니다."

"저는 명품에는 별로 흥미가 없어서……."

뜻밖의 대답이 돌아왔다. 사토루는 더 이상은 말을 건네지 않았다. 자기가 그녀를 칭찬하는 건지 깎아내리는 건지 알 수 없었기 때문이다.

미유키가 사토루의 마음을 헤아린 듯했다.

"전에는 명품 옷이나 가방도 자주 보러 다녔는데, 최근에는 다른 브랜드인데도 모두 같은 방향으로 흘러가는 기분이 들어요. 마음에 쏙 드는 이거다 싶은 물건이 없어서 자주 안 가게 되더라고요. 좋은 물건은 원래 그대로의 디자인이 좋은데, 자꾸 변해버리네요……. 전 인터넷 검색도 거의 안 하고, SNS도 안 해서 유행에 너무 어두워요."

미유키가 말을 이었다.

"최근에는 개성 있는 물건이 점점 사라져서 뭐 하나가 유행하면 비슷한 물건이 대량으로 쏟아지는 풍조잖아요."

사토루가 그 말에 동의했다.

"우리 사무실에서도 줄 서는 가게를 만들라고 합니다."

"다들 똑같은 행동을 해야 안심이 되나 봐요. 오래 되고 손때가 묻을수록 깊은 맛이 우러나는 좋은 물건은 소수한테만 팔리니까 안 만드는 거겠죠."

"게다가 요즘 사람들은 줄 서는 걸 재밌어하는 것 같아요."

"가게 측에서는 그걸 홍보에 잘 이용하는 걸까요?"

"예전에는 문 열기 전날 밤부터 줄 서는 사람을 1인당 오천 엔 정도에 고용했는데, 요즘은 먼저 온 500명에게 티셔츠를 선물한다고 선전해야 사람들이 더 많이 모이니, 홍보 방법으로는 그쪽이 더 싸게 먹히죠."

"미즈시마 씨는 직업상 그런 얘기를 상세히 아시네요."

미유키가 샴페인 잔을 살짝 입에 댔다 내려놓았다.

"어때요, 그거?"

사토루는 맥주와 소주 맛 정도밖에 모른다.

"네, 전 좋아요, 살짝 드라이해서."

그렇게 말한 후, 다시 잔을 들었다.

레스토랑 안에는 이탈리아답게 칸초네가 흐르고 있었다. 이탈리안 레스토랑이라고 해서 군이 칸초네를 틀어줄 필요가 있을까 하고 사토루는 생각했다.

"가게 인테리어를 하다 보면, 주인이 음악은 어떻게 하면 좋겠냐고 묻는 경우가 있어요. 음악까지 프로듀스해달라고 하면 솔직히 곤란할 때가 많죠. 요즘 경영자들은 이것저것 세심하게 챙기려는 경향이 있는데, 좀 더 심플하게 쓸데없는 건 빼는 게 낫다고 봐요. 여기 음악도 좀 과하군요."

사토루가 그렇게 말하자, 미유키가 똑같은 생각을 했는지 고개를 숙이고 어깨를 살짝 흔들며 웃었다. 미유키가 냅킨으로 눈가를 누르며 말했다.

"얼마 전에 친구랑 초밥을 먹으러 갔는데, 인도의 시타르(기타와 비슷하게 생긴 악기) 음악을 틀어놔서 너무 웃겼어요."

"나도 국숫집에서 타이의 킥복싱 같은 음악을 들었어요! 왜 이런 음악을 틀었냐고 물었더니 일하는 요리사가 킥복싱을 하는데, 주인이 그 요리사의 팬이라 틀어준다고 하더군요."

미유키는 또다시 웃으며 재밌게 얘기를 들어주었다.

"미유키 씨는 음악을 좋아해요?"

그렇게 묻자, 미유키가 한순간 허를 찔린 당황한 아이 같은 표정을 지었다. 술잔을 들고 입을 열었다.

"고리타분할지는 모르지만, 전 클래식이 좋아요."

무슨 추억에라도 잠기듯이 대답했다.

그 표정을 본 사토루는 미유키가 클래식 음악회나 CD에 관련된 좋은 추억이 있나 싶어 질투가 날 뻔했다.

"나는 지금까지 클래식 음악회에 두 번쯤 가봤는데, 갈 때마다 졸았어요. 잘 모르는 곡이 나오면 금세 잠들어버려요. 하긴 잠도 못 잘 정도로 시끄러운 곡도 있었지만."

미유키가 웃었다.

"다들 허세로 잘 아는 척하며 듣는지도 모르죠."

"다음에 추천할 만한 음악회가 있으면 같이 가주실래요? 좋은지 나쁜지는 미유키 씨가 정하세요."

사토루가 부탁하자, 미유키가 몸을 내밀며 대답했다.

"좋아요, 같이 가실래요? 같은 곡이라도 지휘자나 오케스트라에 따라 완전히 달라져요. 그게 또 재밌거든요."

"아하~, 그렇군요…… 그 차이를 알 때까지가 힘들겠죠. 맥주처럼……."

"금방 알게 돼요. 그래서 현대까지 이어져 온 거니까……."

미유키가 웃으면서 말했다.

사토루는 미유키가 정말 교만하지 않은 여성이구나 하고 또다시 감탄하고 말았다. 그러나 마냥 감탄만 하고 있을 수는 없었다. 어색한 침묵의 시간을 만들면 안 된다.

"방금 생각났는데, 우리는 휴대전화 번호나 이메일 어드레스를 서로 모르네요."

조금은 무리하게 화제를 바꿨다. 만약 이 자리에서 서로 연락처를 주고받으면, 그녀와의 거리가 확 줄어들지도 모른다.

그런데 미유키가 '그러네요.'라고만 대답했다.

그런 미유키의 태도를 본 사토루는,

"언뜻 든 생각인데, 서로 이름만 알면, 휴대전화나 메일주소 같은 건 모르는 게 쓸데없이 연락하거나 볼일도 없으면서 왠지 메일을 보내야 할 것 같은 의무감을 느끼는 것보다는 좋을 수도 있겠죠? 모든 걸 안다고 느끼는 것보다는 뭔가 비밀을 간직한 것 같기도 하고……."

난처한 나머지 그렇게 얼버무렸다. 무엇보다 미유키에게 뻔뻔하고 가벼운 남자로 보이고 싶지 않았다.

"그건 멋지네요. 별 의미도 없는 문자를 주고받거나 통화하는 것보다는 다음에 언제 만날 수 있을까 기대하게 될 테니까."

"다음 주에도 피아노에 와요?"

"별 일 없으면 가겠죠."

미유키가 자연스럽게 대답했다.

"그건 그런데……, 혹시 다음 주에 둘 중 누가 일이 생겨서 못 오게 되면, 연락도 못 하고, 좀 서운하겠군요."

역시 연락처를 주고받았으면 하는 기대를 담아 사토루가 말했다.

"저는 아마 갈 텐데, 사토루 씨가 안 오면 상황이 여의치 않다고 생각할 거고, 두세 번 연이어 안 오면, 다른 데로 이사 갔다고 생각할게요. 그래서 오고 싶지만 못 오는 거라고. 서로 만나고 싶은 마음만 있으면, 반드시 만날 수 있어요. 안 그래요? 피아노로 가면 되니까."

"그렇죠. 서로 그렇게 생각하고 매주 만나면 재밌겠어요."

사토루의 말에 미유키가 생긋 웃고, 또다시 잔을 들었다.

즐겨 마시던 술이 아니라 취했는지, 시끄럽게 느껴지던 칸초네가 기분 좋게 들렸다.

레스토랑에서 나온 사토루가 '그럼, 다음 주에 봐요.'라고 인사를 건네고, 미유키를 택시에 태웠다. 그녀를 배웅하며 빨리 다시 다음 주 목요일이 오면 좋겠다고 설날을 기다리는 어린애처럼 한껏 들떴다.

그날 밤, 사토루는 미유키와의 데이트가 순조롭게 잘 풀리고, 디자인도 기한 내에 끝낸 덕분에 깊이 잠들 수 있었다.

덕분에 금요일에는 활기찬 기분으로 출근했다.

이탈리안 레스토랑 안건은 사토루의 디자인이 대부분 통과돼서 이번에는 건축가를 불러 인테리어 공사를 얼마나 싸게 마무리하느냐는 문제로 옮겨갔다. 도토리 얼굴의 사장은 낮에도 밤에도 일하겠다며 의욕을 불태웠다. 그런 기백이 있으면, 예산 부족 문제는 어떻게든 해결되겠지. 확인 차 현장에 두세 번 얼굴을 내밀고, 중요한 사안에 신경을 좀 쓰면 끝날 것 같은 기분이 들었다.

책상에서 한숨 돌리고 있는데, 휴대전화가 진동으로 울렸다. 다카키에게 온 전화였다.

어제 또 셋이 한잔하려고 전화했는데, 전화를 안 받아서 피아노에 있겠다 짐작하고 야마시타와 갔더니, 카페 주인이 사토루와 단골손님 여성이 데이트를 하듯이 나갔다고 알려주었다고 한다.

"야, 너! 우릴 놔두고 어딜 간 거야. 그 여자, 지난주에 네가 작업한 여자 맞지? 했냐?"

숨도 안 쉬고 쏜살같이 떠들어댔다. 전화 통화니 주위에 들릴 리는 없겠지만, 다카키의 불평을 잠재우느라 애를 먹었다. 결국 내일 토요일에 어머니 문병을 다녀온 후, 오후부터 야마시타가 추천하는 선술집에서 만나기로 약속했다.

토요일, 사토루는 요양원으로 향하는 차 안에서 미유키와 어머니 생각에 정신이 빠져 있었다. 갑자기 설레는가 싶다가 몹시 슬퍼지기도 해서 하마터면 고속도로 출구를 놓칠 뻔했다. 급브레이크를 밟으며 차를 갑자기 왼쪽으로 붙이는 바람에 뒤따라오던 차가 당황해서 핸들을 좌우로 꺾으며 클랙슨을 요란하게 울렸다.

그러나 요양원이 가까워질수록 사토루의 걱정은 현재 어머니의 상태에만 집중되었다. 요양원에 도착한 후, 병실 앞에서 간병인 기무라 씨에게 어머니 상태를 묻자, 혼자 화장실도 가고 식사도 할 수 있게 됐다고 했다. 일단 안심했지만, 지난번에 아사이 의사가 권했던 수술 얘기가 계속 마음에 걸렸다.

　어머니는 오른손에 여전히 깁스를 한 상태였지만, 예상보다 건강해 보였다. 사토루를 보더니 상반신을 일으켰다. 굳이 일어나지 마시라……고 말렸지만, 어머니가 사토루를 타이르듯 말을 건넸다. 내 걱정은 이제 할 것 없다. 오래 못 산다는 건 알고 있고, 의사선생님도 너한테 그 말을 안 할 뿐이다, 그러니 얼른 좋은 사람 찾아서 가정을 꾸리라고.

　그것은 아주 먼 옛날, 아버지가 아직 살아 있을 때, 아이였던 사토루에게 동화를 읽어주며 재워주던 시절의 어머니 목소리 같았다.

　어머니가 오래 살지 못할 거라는 건 사토루도 알고 있었다. 지난번 문병 때, 뼈뿐만 아니라 내장기관도 많이 나빠졌다는 말을 의사선생님께 들었다. 역시 원인은 젊은 시절부터의 영양부족과 과도한 노동 탓일 거라는 말이 떠올라서 사토루는 눈시울이 뜨거워졌다. 눈물을 삼키고 애써 미소를 지으며 어머니에게 물었다.

　"그런 말씀 하지 마세요. 의사선생님이 허리랑 다리가 약해졌는데 수술하면 얼마든지 걸을 수 있다고 했어요. 해볼래요? 조금만 참으면 되는데."

사토루는 어머니가 동의할 거라는 생각은 추호도 없었지만, 그래도 묻지 않을 수 없었다.

그러자 어머니가 어색한 미소를 지으며 담담하게 말했다.

"온몸이 고장 났는데, 뼈만 고쳐본들 무슨 소용이겠니."

어머니의 그 말을 들은 사토루는 더 이상 권할 엄두가 나지 않았다. 그렇다고 얘기를 돌려서 어머니를 격려해줄 만한 말도 떠오르지 않았다.

어머니가 이대로 못 움직이게 돼서 식사와 화장실도 남의 도움을 받아야 한다면, 나는 과연 어떤 심정일까……. 사토루는 앞일을 생각하자 마음이 무거워졌다.

그러나 금세 그런 걱정부터 하는 자신이 얼마나 인정머리 없는 불효자인가 싶어 한심스럽고 부끄러웠다.

어머니가 꾸벅꾸벅 잠드는 모습을 보고, 요양원에서 나온 사토루는 돌아오는 차 안에서 또다시 소리 내어 울었다. 눈물로 앞자동차의 후미등이 심하게 번졌다. 해가 지고 있었다.

미타에 있는 집으로 돌아가지 않고, 아오야마의 회사 주차장에 차를 세운 후, 다카키와 야마시타에게 연락하고 히로오에 위치한 선술집으로 갔다.

가게로 들어서자, 다카키와 야마시타는 이미 거나하게 취해 있었다. 야마시타가 돈을 딴 경마 얘기를 주위 손님도 아랑곳 않고 큰 소리로 떠들어대고 있었다. '미안하다, 늦어서.'라며 두 사람 옆에 앉자 다카키가,

"야, 미즈시마, 오늘 야마시타가 만마권(万馬券, 경마에서 배당률 100배 이상에 당첨된 마권) 대박 났대! 축하주다~ 코가 삐뚤어지게 마셔보자, 오늘은 2, 3차 고고~!"

하며 쥐꼬리만 한 야마시타의 용돈을 홀랑 털어먹으려 들었다.

"됐다. 야마시타는 처자식이 있으니 간이랑 네기마 꼬치 사들고 들어가야지."

사토루가 농담을 던졌다.

"제발, 그놈의 꼬치 얘기 좀 그만해라."

야마시타가 머리를 긁적이며 웃었다.

"어쨌든 젊은 IT 사업가 아니냐, 이 또라이 자식은."

"게임은 IT랑은 관계없는데~."

"그래도 이 자식, 파친코나 경마로 꽤 요령 있게 용돈을 번다니까."

다카키가 칭찬인지 욕인지 모를 소리를 했다.

"늘 도박으로 용돈 버니?"

사토루가 야마시타에게 물었다.

"우리 회사 게임기, 아직 여러 군데 놓여 있거든. 변두리 상점

가나 게임센터나 유원지 같은 데. 자주 고장 나서 내가 수리하러 가는데, 기계를 열면 예외 없이 잔돈 몇 백 엔쯤은 건져."

"아직도 그 짓이냐? 부끄럽지도 않아?"

다카키가 웃으며 말했다.

"무슨 소리야. 그 돈으로 술 얻어 마시는 주제에."

"오늘은 경마 돈이지! 얼마나 땄어?"

"3만6천 엔."

"야 인마, 만마권 맞았다더니 고작 300엔짜리 산 거야?"

"2천 엔이나 날렸어."

"1만 엔쯤 샀으면, 1백20만 엔이잖아. 이런 쪼잔한 자식."

"알았으면 나도 샀지, 완전 대박인데."

"그래서 넌 큰일은 못하는 거야. 고장 난 기계에서 기껏 200엔, 300엔 주워서 기뻐하고."

"너도 대머리 노인네 여자랑 하지도 못하고 한 달 임대료 뜯겼잖아."

사토루는 두 사람의 시답잖은 대화가 어이없어서 웃을 수밖에 없었다.

그런데 갑자기 다카키의 말투가 진지해졌다.

"미즈시마, 오늘 문병 다녀왔지. 어머님은 좀 어떠셔?"

"음, 솔직히 말하면 그리 오래 사실 것 같진 않아. 지난번에 부러진 손목은 좋아지긴 했는데…… 다른 장기도 많이 안 좋은 모양이야. 젊은 시절 영양부족 때문에 골다공증도 심하고…… 어머니한테 너무 미안해.”

“어머님이 널 위해 고생 많이 하셨지…… 먹을 것도 제대로 못 먹고…….”

야마시타가 갑자기 눈물을 글썽였다.

“야마시타, 질질 짜지 마…… 미즈시마가 불쌍하잖냐. 얼른 마시기나 해!”

다카키가 촉촉해진 눈으로 야마시타를 달랬다.

다카키가 우울하게 가라앉은 분위기를 떨쳐내듯 화제를 돌렸다.

“미즈시마, 그 여자랑 매주 목요일마다 피아노에서 데이트하지? 잘 풀리냐. 어떤 거야?”

“아직 한 번밖에 안 만났어.”

“넌 내가 잘 알아. 반했지, 그 여자한테? 어떡할 거야, 어디 살아, 뭐하는 아가씨야?”

잇달아 질문을 퍼부었다.

“아무것도 몰라, 주소도 직업도…….”

“그럼, 연락은 어떻게 해?”

“그냥 목요일 저녁에 시간 되면 피아노에서 만나기로 약속했을 뿐이야, 별 거 없어. 서로 시간 맞으면 그때 만나기로 했어.”

“상대가 안 오면 어떡하고?”

"혼자 차 마시고 돌아가야지."

"문자나 전화도 안 하고? 상대에게 연락 안 해?"

"그런 교제 방식은 안 하기로 했어. 갈 수 없으면 어쩔 수 없고, 몇 번 안 오면 내가 싫어졌다고 생각하면 그만이니까……."

"그런 이상한 교제가 어딨냐! 그게 말이 돼?"

다카키는 이해할 수 없는지, 야마시타에게 구시렁구시렁 말을 건넸다.

"이제 데이트도 한 번 했으니, 다음 주는 어떻게 될지 모르지."

말은 그렇게 했지만, 사토루는 살짝 불안해졌다.

듣고 있던 야마시타가 입을 열었다.

"그렇게 사귀는 것도 재밌겠네. 요즘 인간관계는 너무 쉽게 연락을 주고받잖아, 그래서야 고민하거나 걱정하는 심적 갈증이 없지. 시대를 거스르는 듯한 아날로그적 교제, 그게 진정한 연애일지도 몰라."

자기 말에 취한 듯이 중얼거렸다.

"야, 뭘 감동이나 한 것처럼 지껄여! 아날로그 좋아하네. 그 아날로그 게임기에서 100엔, 200엔 잔돈푼이나 훔치면서, 이 도둑놈아!"

"다카키, 그건 습득물이라니까. 게다가 넌 지금 그 돈으로 술 마시잖아. 누구더러 도둑이래!"

"미안, 미안, 그런 뜻은 아니었어. 이 네즈미코조(에도 말기의 도둑. 잘사는 무가武家 저택만 침입하였다고 하는 의적義賊)야!"

"이 자식이, 그게 그 말이지."

"그런데 야마시타, 소노 아야코도 말했잖니! 곤란에 처한 사람은 어떤 돈으로 도움을 주든 관계없다, 노름돈이라도 남을 위해 쓰면 된다고."

"그 무슨무슨 재단 회장 말이지? 멋진 말이네~, 여자 교장 중에는 그런 사람이 꽤 많더라~."

"그 사람은 소설가야, 부탁받고 하는 거라고."

"돈이 그렇게 많으면, 나도 하고 싶은데~."

"멍청한 자식! 너 같은 놈한테 부탁할 리가 없지."

"그건 나도 알아. 그건 그렇고, 미즈시마 데이트 얘기 듣고 생각났는데, 다음에는 아날로그 연애 게임을 만들어볼까."

"무슨 게임인데, 또 카멜레온 나오냐?"

"아니야. 그건 이제 좀 잊어버려라."

"그럼, 어떤 건데?"

"으음, 그러니까 주사위를 던져서 나온 숫자만큼 진행하는 거지. 오늘은 찻집에 안 온다. 오늘은 데이트에 식사. 호텔까지 간다. 그런데 콘돔 살 돈이 없다."

"멍청이! 그건 쌍륙(2개의 주사위를 굴려 말판 위에 말을 써서 먼저 나가면 이기는 놀이)이잖아."

또다시 두 사람의 만담이 시작되었다.

"다음 주 목요일에는 피아노에서 데이트라. 좋겠다, 이 카사노바야."

주위 사람도 아랑곳 않고, 다카키가 큰 목소리로 떠들어댔다.

그 후, 노래방에 심야라면까지 변함없이 풀코스를 돌고 집에 돌아온 시각은 새벽 6시가 가까워서였다. 소파에 앉아서 꾸벅꾸벅 졸고 있는데 휴대전화가 울려서 받아보니 또다시 다카키였다.

다카키는 아직 밖이라고 했다. 라면집에서 나온 후, 뒷골목의 허름한 술집에서 한잔하고 역으로 향하던 중에 길가에 '새벽 소프랜드'라는 간판이 세워져 있었다고 한다. 들어가 보려고 간판에 그려진 화살표 방향으로 걸어가는데, 뒤에서 자전거를 타고 추월한 신문배달 아줌마가 소프랜드로 신문다발을 들고 들어 갔다.

소프 손님이 조간신문도 읽나 의아했는데, 다카키가 가게로 들어가 잠깐 기다리자 지배인이 '루미 씨입니다.'며 중년 아줌마를 데리고 나왔다. 찬찬히 살펴보니 조금 전 신문배달 아줌마지 뭐냐며 시끄럽게 떠들어댔다.

사토루는 야마시타가 집에 들어가서 아내에게 야단맞진 않았을까 걱정스러웠지만, 늘 요령이 좋으니 잘 넘겼겠지 하며 걱정을 접었다.

일요일에는 점심때가 지나서 일어났다. 차를 마시면서 미유키는 지금 일하고 있을까 하고 또다시 그녀 생각에 빠졌다.

그런데 어머니를 떠올리자, 느긋한 마음으로 보낼 수는 없었다. 정신 똑바로 차려야 해……. 별 생각 없이 불단을 보니 깜박하고 아버지의 영정에 향을 올리지 않았다. 사토루는 향을 올리며 어머니와 미유키에 관해 보고했다.

사토루는 자기에게 이렇다 할 취미가 없다는 생각을 할 때가 종종 있다. 일요일인데 골프나 영화, 최소한 낚시든 뭐든 취미가 있으면 좋을 테지만, 지금까지 딱히 뭘 하고 싶었던 적은 없다.

어쩌면 회사 일이 가장 재미있는지도 모른다.

하는 수 없이 텔레비전을 켰다. 딱히 보고 싶은 프로그램은 없지만, 별 생각 없이 외국 형사드라마를 보게 되었다. 그런데 모두 같은 내용이다. 주인공은 백인, 부하직원은 젊은 백인과 흑인, 여형사, 반드시 등장하는 캐릭터는 컴퓨터 전문가인 해킹 천재. 짙게 화장한 돼지처럼 뚱뚱한 여자거나 한눈에 보기에도 오타쿠 풍의 아시아인이다. 항상 프로파일링부터 시작하고, 지역 담당 형사와 옥신각신하다 시간이 되면 DNA 검사, 지문이 프로파일에서 예상한 인물과 일치해서 사건 종결.

흡사 외국판 미토코몬(水戸黄門, 에도시대 미토번의 번주였던 도쿠가와 미쓰쿠니가 전국을 유랑하며 세상을 바로잡은 이야기를 그린 사극)인 셈인데, 무심코 보게 된다. 드라마 중간에 나오는 광고는 예외 없이, 고령화사회를 반영해서인지, 무릎이나 허리 통증이 낫거나 눈이 잘 보이게 되거나 살이 빠지거나 기미가 없어지거나 변이 잘 나온다는 건강보조식품 얘기뿐이다.

또한 화면 구석에는 반드시 작아서 읽기 힘든 글자가 뜨는데, 자세히 읽어보면 '어디까지나 개인적인 감상입니다.'라고 쓰여 있다.

그리고 '효과 효능을 나타내는 건 아닙니다' '운동과 식사 제한을 병행합니다' 운운, 게다가 지금부터 30분 이내에 사면 50퍼센트 가격이라고 광고한다. 그런데 두 시간 후에 다른 채널에서도 똑같은 말을 한다. 그 금액으로 하루 종일 판다는 얘기다. 그나저나 내일부터 성가신 일이나 안 생기면 좋겠다, 생각하며 멍하니 지내는 사이, 주말은 다 지나가 버렸다.

월요일, 사무실에 얼굴을 내밀자, 어느새 직원들이 모두 모여 무슨 회의를 하고 있는 듯했다. 이와모토가 사무실로 들어온 사토루를 보자마자 묻는다.

"미즈시마! 내일부터 일주일쯤 오사카에 출장 좀 다녀올 수 있나?"

의문형인데도 대답은 이미 정해져 있다는 투로 들렸다.

"일주일씩이나요?"

그렇게 되면, 목요일에 오사카에 있어야 한다. 그럼, 미유키를 만날 수 없다. 사토루는 한순간 망설였다.

"호텔 로비 건인데, 공간이 좁아서 입구를 좀 더 효율성 있게 사용할 수 있는 디자인이면 좋겠다고 하고, 꼭대기 층은 아침, 저녁에 식사할 수 있게 활용하고 싶은 모양이야. 아마 오사카 지사가 너무 바빠서 일손이 부족한가봐. 모회사에서 이쪽 도움을 좀 받으라고 지시했다더군. 우리로서는 이쪽에서 할 수 있는 일을 교묘하게 받아오면 더 좋겠지. 앗핫하~."

이와모토가 웃으며 태평하게 얘기했다. 사토루는 모회사가 종합건설사니 거절할 수는 없겠다고 생각했지만,

"일주일이면 언제까지죠?"라고 물었다.

"그야 내일부터 금요일이나 토요일까지겠지…… 오사카 지사랑 잘 해결해주기 바라네."

또다시 사토루에게 성가신 일을 떠미는 속내가 훤히 드러났다.

이번 주에는 미유키를 못 만나나 하는 생각에 사토루는 침울해졌다. 일이니 어쩔 수 없다고 납득하면서도 어떻게든 목요일 저녁까지는 돌아오려고 재빨리 머리를 굴리기 시작했다. 스스로도 무리라는 건 알지만, 목요일에는 꼭 도쿄에 있고 싶었다.

"알겠습니다."

일단은 그렇게 대답하고, 이와모토에게 현장과 오사카 담당자의 이름을 묻고, 조금 일찍 퇴근해서 출장 준비를 하기로 했다.

퇴근길에 사토루는 갑자기 의기소침해졌다. 이번 주에 미유키를 못 만나면 어떡하나…… 그녀는 어떻게 생각할까? 이대로 두 번 다시 못 만나는 건 아닐까…… 자꾸 나쁜 생각만 들었다.

역시 휴대전화와 이메일 주소를 알려달라고 할걸, 갑자기 후회스러웠지만 그것을 사용하지 않는 조건으로 교제가 시작된 건 분명했다.

머릿속이 혼란스러웠다.

집으로 돌아와 출장 준비를 했다. 그래봐야 가방에 와이셔츠랑 속옷, 양말 두세 켤레를 넣으면 끝이다. 눈 깜짝할 새에 끝나버렸다.

다카키와 야마시타에게 일주일간 출장 간다고 전화를 하자, 둘 다 웬일로 그녀와의 만남을 걱정했다.

"그럼, 목요일에 그녀를 못 만나잖아. 어떡할 거야?"

친구는 고마운 존재다. 대화를 나누다보니 한잔하자는 얘기로 흘러서 지난번에 갔던 히로오의 꼬치구이 집에서 만나기로 했다.

가게로 들어가자 두 사람은 이미 와 있었고, 사토루가 온 걸 모르는지 다카키의 웃음소리가 가게 안에 울려퍼지고 있었다.

"그래서 네가 동전 슬쩍한 거 회사에 들통 난 거야?"

"어어. 점원이 뒤에서 지켜보는 걸 몰랐거든. 동전을 주머니에 넣는 장면을 들켜버렸지 뭐냐."

"그래서 어떻게 됐어?"

"점원에게 봉투에 담아서 건넬 생각이었다고 말했는데, 우리 회사까지 전화를 했더라니까……."

다카키가 큰 소리로 웃어댔다.

"너, 혹시 잘린 건 아니지~."

"잘리긴 왜 잘려, 회사에 확실하게 설명했어. 내 돈과 기계 돈을 나눠놔야 안 헷갈려서 그랬다고 조목조목 설명했다고."

"그래서 결과적으로는 괜찮은 거야?"

"뭐…… 그럭저럭."

"다행이다~ 잔돈푼은 다시 쓸 수 있겠네! 넌 정말 답이 없는 녀석이다, 이 네즈미코조 자식아."

"이왕이면 도둑 대장 이시카와 고에몬이라고 불러라!"

"웃기지 마, 이 좀도둑아! 네가 그런 대물은 아니잖아. 넌 그냥 멍청한 게임이나 만들면 돼. 카멜레온 게임 같은 거……."

"그 소리 좀 그만해. 간이랑 네기마 꼬치 얘기도 그만하고."

"어림없는 소리!"

"또 시작했냐, 만담……."

사토루는 그제야 두 사람의 대화에 끼어들 수 있었다.

"어어, 미즈시마! 내일부터 출장이라며?"

다카키가 물었다.

"그럼, 그 여자 못 만나잖아……."

이어서 야마시타가 걱정스럽게 말을 건넸다.

"아니, 이삼 일 열심히 하고, 목요일에는 돌아올 예정이야."

무리라는 걸 뻔히 알면서도 허세를 부렸다.

"사랑이 무섭긴 무섭다~. 이 자식, 그녀를 위해서라면 뭐든

다 할 기세네. 게임기에서 동전 훔치는 짓만은 차마 안 하겠지만……."

다카키가 또다시 야마시타를 놀렸다.

"그 애긴 이제 그만해! 그나저나 미즈시마, 그 여자랑은 아직 그런 관계는 없었지? 혹시 겉모습만 괜찮고, 그쪽이 영 아니면 충격 받을걸!"

"야, 야마시타! 너 지금 뭔 소리야! 그쪽이 어딘데?"

"섹스."

"멍청한 자식! 그런 소릴 하면 어떡해. 다른 손님들도 있는데."

"야, 다카키, 그건 중요한 문제야! 연예인들이 헤어질 때, 툭하면 성격차이라고 하지. 그건 거짓말이야, 다 섹스 문제라고."

"네 말이 무슨 뜻인지는 잘 알지."

"다카키, 내 말이 맞잖아~, 나도 폼으로 결혼한 게 아니야."

"응, 그렇지. 네 와이프 얼굴 보면, 섹스밖에 없겠지. 그 얼굴에 그쪽까지 서툴면 벌써 죽였겠지~."

"닥쳐, 남의 아내한테 무슨 망발이야!"

"네 와이프도 너를 똑같이 생각하는 거 아니냐?"

"내 아내는 나의 다정함과 소년 같은 성실함에 반했어."

"맞아, 그거야! 지난번에 네 아내가 그러더라."

"뭐라고?"

"아직도 어린애 같다고……."

"그랬어…… 칭찬한 거지?"

"칭찬했지. 포경에다 물건도 작고, 조루라서 어린애 같다고."

"이 자식이, 내 아내가 그런 말을 할 리 없어!"

"그런데 미즈시마, 난 야마시타가 하는 말도 이해는 간다."

갑자기 다카키가 얘기를 사토루에게 돌렸다.

"예전에 내가 모델로 일했던 여자랑 사귄 적이 있는데, 그쪽이 정말 재미없더라니까. 그 왜, 석녀라는 말 들었지? 완전 그 느낌이야."

"모델이라면, 작업화나 헬멧 모델?"

야마시타가 비꼬며 말했다.

"야, 인마! '도라이치(주로 작업복을 제조하는 회사)'가 아니야!"

"근데, 난 그런 건 별로 흥미 없어."

"미즈시마, 너 혹시 그쪽이냐?"

"아냐!"

"그럼, 젊은 놈이 이상하잖아. 혹시 병 아니야?"

"난 제발 병이라도 좀 들고 싶다."

"하긴, 다카키 저 놈은 정말 대단하지. 치마만 둘렀으면 위로 80까지도 상관없으니까……."

"야마시타, 헛소리 그만해! 날 변태 취급하냐! 네 놈은 아내 말 곤 해본 적도 없지."

또다시 야마시타와 다카키의 익살스러운 만담이 시작되었다.

"흠 좋아, 네가 목요일에 못 가게 되면 전화해. 내가 티 안 나게 가서 출장 간 것 같다고 잘 말해둘 테니까."

"다카키, 안 돼! 그런 짓은 안 하기로 약속했어……."

"하지만 상대도 너한테 마음이 있으면 걱정할 텐데. 너 몰래 왔다고 말할게, 맹세해."

"부탁이야, 제발 하지 마. 그래서 끝나면 그걸로 그만이야."

얘기가 아무래도 이상한 방향으로 흐른다고 느낀 사토루는 내일 일찍 나가봐야 한다고 둘러대고 서둘러 집으로 돌아왔다.

다음날 아침, 열 시경에 신오사카역에 도착해서 메모해온 오사카 지사의 시마다라는 직원에게 전화를 걸자, 도쿄에서 이와모토 부장이 미리 연락했는지 역 근처에서 기다리다 바로 마중을 나왔다.

시마다는 20대 후반의 젊은이였는데, 옛날 텔레비전 PD처럼 하얀 와이셔츠에 청바지, 허리에는 빨간 스웨터를 두르고 나타났다. 다른 업종과는 획을 긋는 분위기를 물씬 풍겼다.

"고생하셨습니다! 미즈시마 씨인가요? 저는 시마다라고 합니다. 오시느라 정말 수고가 많으셨습니다. 일찍 서두르느라 힘드셨죠. 잠깐만 기다리세요, 금방 택시 잡을게요."

오사카 억양으로 건네는 인사말을 들으니 새삼 출장 온 기분이 들어서 도쿄 토박이인 사토루에게는 신선한 느낌이었다. 시마다와 택시를 타고 기타에 있는 지사 사무실에 몇 분 만에 도착했다. 택시 차창 밖으로 보이는 '옹고집 초밥'이라는 간판에 자기도 모르게 슬며시 웃음이 나왔다.

오사카 지사는 오피스빌딩 7층 전체를 쓰며 대규모로 영업하고 있었다. 대주주인 종합건설회사의 설계 부서도 같은 빌딩에 있었고, 도쿄와 오사카 지사가 거기에서 일을 나눠받아 처리했다.

오사카 지사는 커피숍 인테리어부터 대형 쇼핑몰 디자인, 심지어 공업디자인까지 광범위하게 맡고 있는 듯했다. 시마다가 7층 한 귀퉁이에 있는 '호텔 생크추어리'라는 작은 팻말이 걸린 방으로 안내해주었다.

"부장님, 도쿄에서 미즈시마 씨가 오셨습니다."

"어어, 고생 많았어요. 바쁠 텐데 대단히 죄송합니다. 부장 다카하시입니다. 우리 부서 힘만으로는 다 감당하기 힘들어서 도쿄 지사의 이와모토에게 실력 있는 사람을 소개해달라고 부탁했습니다."

역시 오사카 사람이다. 존칭 없이 이와모토라고 불러서 은근슬쩍 지위 차이를 암시하고, 실력 있는 사람을 부탁했다는 말로 상대를 추어주기도 했다. 딱히 티가 나진 않았지만, 만만치 않은 사람이었다.

이런 고장이니 과연 만담가가 많이 나올 법하다. 연예계는 잘 모르지만, 왠지 예능평론가라도 된 기분이었다. 그런데 딱 하나 다카하시 부장의 머리가 마음에 걸렸는데, 텔레비전에서 봤던 한국 외교부장관의 가발처럼 한눈에 알아볼 수 있었다.

여기서는 말할 때 정신을 바짝 차려야 한다!

대화 중에 '머리 좀 돌려봐라.' '핵심을 머리에 잘 심자.' '호텔 상부에 신경 쓰자.'는 표현들을 썼다가는 받아들이기에 따라서 전부 가발 얘기로 오해할지도 모른다.

"시마다, 지금 맡고 있는 호텔 현장, 잠시 둘러볼 수 있게 안내하고, 숙박할 호텔까지 모셔다 드려. 현장에서 호텔로 직접 가도 상관없고."

다카하시가 웃으면서 우리를 배웅했다.

사토루는 거드름 피우지 않는 오사카 사람의 응대가 기분 좋게 느껴졌다. 시마다가 택시 안에서,

"미즈시마 씨, 우리 부장님 머리, 웃기죠? 자기는 우리가 모르는 줄 알아요. 근데 훤히 다 보여서 말할 때도 신경 써야 하고, 은근히 힘들다니까요."라며 웃었다.

다카하시와 사토루가 대화하는 모습을 보고 느낀 점이 있었던 모양이다.

아직 빈 터인 호텔 건설 예정지는 정면 입구 부분이 좁은 편이라 옆쪽에 지하주차장 출입구를 만들면, 상당히 불편해질 것 같았다. 호텔 앞에 자동차 몇 대 댈 공간조차 확보하기 어려웠다.

직접 현장을 둘러본 사토루는 과감한 그림을 그려보았다.

호텔 정문은 일반적으로 한쪽에만 만드는데, 이곳은 호텔 오른편에도 도로가 있으니 정면과 측면 두 방향에 입구를 만들면 좋을 것 같았다. 건축주가 받아들여주느냐가 문제일 수 있다.

가장 큰 문제는 1층 로비 공간이 별로 확보되지 않는 점이다. 프런트, 라운지, 화장실, 짐 보관실은 반드시 필요하고, 그 외에 메인 엘리베이터와 에스컬레이터를 고려하면 공간이 매우 복잡해진다. 기존에 해왔던 사고방식으로는 도저히 다 수용할 수 없겠지.

그래서 종합건설사가 통째로 맡겨버렸을까. 그래도 주위 상황으로 판단해볼 때, 꼭대기 층의 야경은 멋질 것 같다. 아침에는 조식뷔페, 밤에는 야경을 즐길 수 있는 고급 레스토랑을 만들어달라는 호텔 측의 소망은 충분히 납득할 만했다.

사토루는 지난번에 일했던 이탈리안 레스토랑의 사장을 떠올렸다. 규모가 크든 작든 생각하는 건 다 같구나, 라고. 그런 소망에 부응해야 하는 우리 책임이 막중하다고 새삼 실감했다.

이런 생각이 든 까닭은 기대를 한 몸에 받고 오사카까지 왔기 때문일지 모른다.

그러나 오로지 일에만 집중해서 뇌를 활성화시킬 작정인데, 생밤의 속껍질처럼 미유키 생각이 머릿속에서 벗겨질 줄 몰랐다. 이번 주에는 아무래도 못 만날 것 같은 불안감이 몰려왔다. 아무리 애를 써도 산소 부족으로 고지대에서 꼼짝 못하는 등반

가가 된 심정이었다.

꼬치구이 집에서 나눴던 우스갯소리가 떠올랐다.

'좋은 여자냐? 재미없는 여자냐? 안 해보면 모르지.'

야마시타가 그런 비슷한 말을 했었다. 사토루는 육체관계 같은 건 아무 상관없었지만……

숙박할 호텔로 향하던 길에 시마다가 추천하는 우동가게에 들렀다. 간사이의 기쓰네우동은 도쿄와 똑같다. 그런데 면이 메밀국수로 바뀌면, '다누키'라고 부른다. 그런데 양쪽 다 유부를 얹는 것이다.

시마다가 바래다준 호텔은 평범한 비즈니스호텔이다. 침대 하나에 작은 욕실, 화장실, 둥근 작은 탁자에 텔레비전과 컵 종류, 그리고 조그만 냉장고……

'병실이라고 여기면 되겠군……'

불현듯 어머니가 떠올랐다.

냉장고에서 맥주를 꺼내서 믹스너트(라고 쓰여 있지만, 거의 다 땅콩이고 마카다미아 두세 개에 캐슈너트가 들어 있는 것이다)를 안주 삼아 마시며, 오늘 둘러보고 온 호텔 현장과 설계도를 머릿속에 떠올리고 이런저런 궁리를 하기 시작했다.

1층 로비가 좁으니 중앙에 에스컬레이터나 엘리베이터를 설치하면, 꼭 필요한 공간을 배치하긴 어렵겠지. 사토루는 차라리 과감하게 프런트를 2층으로 옮기고, 1층은 중앙에 엘리베이터,

그 주위에 최근 유행하는 나선형 에스컬레이터를 만들고, 그 밖의 공간은 라운지를 만들어야겠다고 생각했다. 그리고 엘리베이터를 스켈레톤 기법으로 만들면, 상당히 기발한 디자인이 될 것이다.

2층에는 프런트, 짐 보관실, 화장실, 그리고 남은 공간에 고급 브랜드 매장 등을 배치하고, 1층은 효율적으로 활용한다.

색조는 사토루가 좋아하는 짙은 보라와 실버, 장소에 따라서는 골드 라인을 넣어서 손님이 호텔 복도 공간을 좁게 안 느끼게 하자. 이런저런 궁리를 하는 사이, 처음 방문한 지역에서 하는 일이라 긴장한 탓인지 스르륵 잠이 들고 말았다.

그런데 한밤중에 갑자기 현관문 벨이 울렸다. 깜짝 놀라 도어스코프를 들여다봤다. 놀랍게도 문 밖에는 옛날 여자프로레슬러인 덤프 마쓰모토 같은 금발머리에 핑크색 미니스커트를 입고, 망사스타킹을 신은 여자가 서 있었다.

문 너머로 '무슨 일입니까?'라고 물었다.

"시마다 씨가 보내서 왔어요. 미즈시마 씨 맞죠?"라고 여자가 대답했다.

사토루는 남의 눈에 띌까 두려워 재빨리 문을 열었다. 굽이 몹시 높은 에나멜 펌프스를 신은 도깨비 같은 여자가 들어왔다.

사토루는 출장 성매매업소 아가씨라는 걸 알았다. 시마다란 놈은 대체 무슨 생각인가 싶어 화가 났지만, 감정을 억누르고 정중히 말했다.

"지금은 그럴 기분이 아니니 돌아가 주세요. 미안합니다."

그러자 여자가,

"아! 체인지군요! 알겠어요."라더니 쏜살같이 나갔다.

잠이 순식간에 달아나버렸다. 체인지라면 다른 여자가 또 온다는 뜻인가, 하고 생각할 틈도 없이 바로 벨이 울렸다. 이번에는 밤샘을 하고 지칠 대로 지친 히사모토 마사미(일본 코미디언) 같은, 오십은 훌쩍 넘었을 것 같은 비쩍 마른 여자가 들어왔다.

사토루는 포기하고, 얼마 안 되는 돈 2만 엔을 몽땅 털어 여자에게 건네고 돌려보냈다.

한참동안 방금 일어난 사태에 압도당해 멍하니 있었다. 출장 서비스 여자의 얼굴과 대응했던 자기 모습을 다시 떠올리며 시마다에게 뭐라고 불평해야 좋을지 몰라 갑갑해하는 자기 자신이 처량해서 잠을 이룰 수 없었다.

아침이 되어 오사카 지사로 출근해서는 지난밤에 생각해낸 아이디어를 다카하시에게 제안해보았다. 시마다도 그 자리에 동석했는데, 아무 일도 없었다는 듯이 자연스럽게 맞장구를 쳤다.

제안 대부분은 호평을 받았다. 그러나 나선 에스컬레이터 같은 신선한 아이디어는 받아들여도 예산 문제가 있으니 시공사가 어떤 반응을 보일지 모르겠다는 신중한 의견이었다.

오후에 시마다와 다시 한 번 현장을 둘러보러 갔다. 시마다가 택시 안에서 운전기사가 있는데도 아랑곳 않고 말문을 열었다.

"어땠어요, 어젯밤에? 좋았죠? 마리짱, 통통하고"

사토루는 어이가 없었다. 업무상 동료라고는 해도 첫 대면하는 사람에게 출장 성매매 아가씨를 보내다니…….

그러나 시마다는 사토루의 기분은 관심조차 없는지, 한마디 더 말을 이었다.

"그 아가씨, 일을 정말 열심히 해서 손님에게 손해를 안 끼쳐요. 좋은 애예요……."

사토루는 룸미러 너머로 운전기사와 눈이 마주쳐서 어쩔 줄을 몰랐다. 화제를 바꾸며 시마다에게 지사에 관해 물었다. 어디나 상황은 비슷한지, 다카하시가 직원들의 업적을 거의 독점한다나. 그 점은 이와모토와 똑같다. 둘 다 초대 회장인 시미즈 이치로의 제자라 나쁜 점까지 쏙 빼닮았다.

현장에 도착해서 안으로 들어갔다. 다카하시 말대로 나선 에스컬레이터로 엘리베이터를 감싸면, 1층 공간을 전부 써버릴 듯하고, 비용도 상당할 것 같았다.

그래서 사토루는 중앙에 엘리베이터를 설치하고, 에스컬레이터 대신 전체를 감싸듯이 커다란 나선계단을 만들면 어떨까 생각해봤다. 그러면 비용은 대폭 줄어들 테고, 계단 아래로 로비가 훤히 내려다보인다.

엘리베이터를 스켈레톤 기법으로 만드니 그것도 괜찮겠다고 사토루는 생각했다.

그러나 호텔은 공공시설이라 노인이나 장애가 있는 사람을 배려해야 한다. 그 문제를 단번에 해결하려면 계단 말고 완만한 슬로프로 바꾸면 잘 마무리되겠지. 시마다에게 상의하고, 바로 지사로 돌아가서 간단한 모형을 제작하고 싶다고 말했다.

"역시, 아이디어가 좋네~. 도쿄 사람은 두뇌 회전이 빨라서 좋겠어요. 저 같은 사람은 일단 중앙에 에스컬레이터가 있다고 가정하면, 그런 발상은 아예 불가능했을 겁니다."

시마다가 아낌없이 칭찬을 쏟아놓았다.

지사로 돌아가서 다카하시에게 자기 아이디어를 얘기했다. 다카하시는 납득했는지, 곧바로 호텔 측과 종합건설사 설계부장에게 연락해서 사토루의 제안을 마치 자기 아이디어인 양 설명했다.

사토루가 옆에서 듣고 있는데도 다카하시는 전혀 아랑곳 않고, 각 부서 담당자에게도 그 내용을 얘기했다.

"미즈시마 씨, 다들 납득한 것 같으니, 일단 컴퓨터 이미지로 견본을 만들어야겠어."

다카하시가 말했다. 이 안건은 이미 다카하시가 생각해낸 것이 되었다. 컴퓨터를 쓰는 건 상관없지만, 사토루는 그 영상이 도무지 입체적으로 느껴지지 않고 느낌이 확 오지 않아서 50이나 100분의 1 모형으로 만들어도 되겠냐고 물었다. 다카하시는 의아한 표정을 지었다.

"요즘 세상에 컴퓨터를 안 쓰고 싶어 하는 사람은 처음이네~."

"저는 버추얼 이미지가 도무지 안 맞아서 옛날 방식으로 모형을 만들다 보니 도쿄에서도 자주 비웃음을 삽니다."

사토루는 속으로 어린 시절 영향도 있다는 걸 알지만, 솔직하게 말했다.

"죄송합니다만, 종이와 물감으로 간단한 견본을 만들어도 될까요?"

"이봐, 이건 여름방학 숙제가 아니야. 요즘 세상에 컴퓨터를 안 쓰고 직접 만들겠다니, 그건 시대착오적이잖아? 건축 분야에서는 특히 더 그렇지. 모형도 그래, 요즘은 3D 프린터가 있어서 데이터를 입력하면 형태를 만들어주는 방법도 있는데……. 자네, 어느 학교에서 공부했어?"

다카하시가 어이가 없다는 듯이 물었다.

"죄송합니다, 모자란 전문학교 출신이라."

"모자란 전문학교 출신이면, 이 회사를 어떻게 들어와. 혹시 시미즈 씨 친척 아냐?"

이상하다는 듯이 시마다에게 물은 다카하시가 혼잣말처럼 중얼거리며 웃었다.

"컴퓨터가 훨씬 편리할 텐데……. 쉽게 도면을 만들 수 있고, 여러 각도에서 볼 수도 있고. 뭐, 자네 방식대로 해도 상관은 없지만, 컴퓨터도 좀 써보지 그래? 요즘 세상에 모형이라니, 이와모토한테도 불평 좀 해야겠군!"

사토루는 다카하시의 의견에 이론은 없다. 요즘 세상에 컴퓨터를 쓰는 건 당연하다고 생각한다.

그러나 사토루는 인간이 사는 공간을 2차원으로만 완성하는 방식이 부자연스럽게 느껴졌다. 사람이 생활하는 집은 온기가 필요한 장소인 만큼 입체감과 촉감을 느끼며 고민해보고 싶었다. 게다가 비효율적이고 낡은 그런 방법이 새로운 매체에는 없는 감각을 이끌어내는 경우도 있겠다. 한때 패션업계에서 아프리카나 동남아시아, 중동의 네이티브한 색조나 에스닉 요소를 경쟁하듯 찾아다니며 도입한 시대도 있었고, 건축 디자인에서도 바로크나 로코코, 나아가 옛날 로마네스크 양식에서 영향을 받은 건물도 요즘은 눈에 뜨인다.

"꼭 해보고 싶은데요."

사토루가 또다시 다카하시에게 동의를 구했다. 그러자 다카하시가 도쿄의 이와모토를 배려하듯이 말했다.

"야하~ 이와모토 사무실에서는 다양한 타입의 직원을 데리고 있어서 무슨 일에나 대응할 수 있게 준비하고 있군~. 나도 공부가 됐어. 미즈시마 씨에게 맡겨보지. 한번 해봐! 기간은 며칠뿐이야. 컴퓨터면 하루 이틀이면 충분하겠지만……. 뭐 하긴, 자네 방식으로 하면 새로운 아이디어가 나올지도 모르지. 시간이 걸리면 다음 주에도 여기서 일하면 되니까."

다카하시가 이쪽 사정은 전혀 고려하지 않고, 괘씸하다 싶을 정도로 자기 편할 대로 말했다.

사토루는 며칠 동안 밤샘할 각오를 다졌다.

지난주에도 미유키를 만날 시간을 내기 위해 회사에서 밤을 지새우며 컵라면과 빵으로 때우고 죽어라 일했던 생각이 났다.

"그럼 자네, 매일 늦게까지 이 공간을 쓰게 되겠군."

"아마 그럴 겁니다."

사토루가 자학적으로 대답했다.

그러자 시마다가 입을 열었다.

"밤에 여기 묵으면서 그 공작을 하겠단 뜻이에요? 자 그럼, 이건 건물 입구 비밀번호, 이건 이 방 열쇠. 열심히 해주세요!"

웃기지도 않는 자이쓰 이치로(일본 연예인) 흉내를 내며 밖으로 나가다 멈춰 섰다.

"일하다 싫증나면 언제든 전화하세요. 한잔하면서 기분전환 하는 것도 좋을 테니까. 아 참, 마리짱 데려올까요?"

그 말을 남기고 밖으로 나갔다. 사토루는 식은땀을 흘리며 다른 직원 책상까지 침범하며 일할 준비를 했다.

먼저 1층과 2층 공간을 두꺼운 종이로 에워싸고, 철사와 종이

상자 등을 이용해서 대략적인 형태를 만들었다. 그 후, 스티렌보드나 두꺼운 종이로 엘리베이터와 나선 슬로프를 만들기 시작했고, 채색 등등 상당히 세밀한 작업에 몰두했다.

한밤중에 난데없이 사무실 문이 벌컥 열려서 깜짝 놀라 방어 자세를 취하자, 시마다가 아가씨를 데리고 들어왔다.

"다코야키랑 야키소바, 어때요? 배고프죠? 이 아가씨, 내가 우리 집에 데려갈 건데…… 혹시 괜찮으면 두고 갈까요?"

깜짝 놀라는 사토루의 얼굴을 보고, 자기가 실수했다고 느꼈는지 얼른 얼버무렸다.

"아 참, 일하는데 방해하면 안 되지…… 이건 여기 두고 갈 테니, 식기 전에 얼른 드세요."

그렇게 말하며 비닐봉지를 책상 위에 내려놓았다.

"그딴 건 뜨거워도 맛없거든……."

같이 온 여자가 이런 곳에 끌려와서 화가 났는지, 시마다에게 쏘아붙였다.

"야, 말이 그게 뭐야? 일부러 미즈시마 씨를 위해서 사왔는데!"

"호텔비 없어서 회사 방 쓰려고 온 거잖아."

"바보 같은 소리. 내가 그런 남자로 보이냐!"

"보여. 전에도 여기 데려오려고 했잖아!"

그들과 엮이고 싶지 않았던 사토루는 두 사람을 정중히 내보

내고, 다코야키를 먹으면서 하던 일을 계속했다.

잠깐 꾸벅꾸벅 졸다 눈을 뜨자, 출근 시간이 가까워져 있었다. 시마다는 예상대로 늦었다. 그 후 이런저런 일이 있었겠지 생각하니 웃음이 나왔다.

다들 사토루의 업무 진척 상황을 보고 놀라워했다. 오늘은 목요일이다. 사토루는 미유키를 만나러 일단 저녁때까지 도쿄에 돌아갔다 내일 아침에 다시 올 수 있었으면 좋겠다고 생각했다. 그러나 오늘이나 내일까지 대략적인 견본을 완성시켜서 시공사와 건설회사를 찾아가 다카하시와 함께 설명해야 했다.

미유키는 다음 주나 만날 수 있겠지. 그 생각을 하자, 갑자기 우울해졌다.

색칠을 하거나 칼로 스티롤을 자르다 문득문득 컴퓨터를 썼으면 훨씬 일찍 끝났을 텐데 하는 생각이 들기도 했지만, 이제 와서 그런 말을 해본들 소용이 없다. 게다가 도쿄에 다녀갔다는 얘기가 이와모토의 귀에라도 들어가면 큰일이니, 묵묵히 작업에만 몰두할 수밖에 없었다. 다른 사람 책상까지 점령한 작업은 금요일 오후에는 거의 다 완성되었다.

놀라워하는 직장 사람들의 표정을 보니 기뻤다. 다카하시는 놀라는 티도 안 내고, 철저하게 사무적으로 '내일, 관계자에게 보여 줍시다.'라고 말했다.

그러나 사토루는 만족스러웠다. 미유키를 못 만나고 토요일에나 돌아간다는 생각에 실망했지만, 건축주가 어떤 반응을 보일지, 다카하시가 어떤 표현을 쓸지 흥미진진했다. 어차피 아이디어 대부분은 다카하시가 떠올렸다고 할 테지만.

토요일, 기획 제안은 예상보다 더 호평을 받았고, 엘리베이터를 두 대 설치할 수 없느냐는 의견이 나오기도 했지만, 대체적으로 납득한 것 같았다.

예상했던 대로 다카하시는,

"미즈시마 씨가 내 아이디어를 충실하게 재현해준 덕분입니다."

라며 확실하게 자기 공으로 가로챘다.

그 다음은 전문가의 강도 계산이나 비용 대비 효과(B/C) 산출에 들어간다고 했다.

"혹시 무슨 문제가 생기면, 오사카에 다시 와주십시오."

기쁜 듯이 말을 건네 왔지만, 사토루는 기분이 매우 가라앉았다. 그리고 토요일 점심때가 지나서 간신히 도쿄로 돌아올 수 있었다.

미타에 있는 집으로 곧장 돌아가서 불단에 향을 올리고 소파에 널브러졌다. 아침부터 아무것도 못 먹었다. 먹을 만한 걸 찾아봤지만, 냉장고를 열어봐도 혼자 사는 집이라 텅텅 비어서 요시카와 식당에 얼굴을 내밀었다.

간판 따님인 히로코가 '어서 오세요.'라며 물 잔을 내려놓고 주문을 받았다. 항상 같은 것만 시키는데도 히로코는 매번 사토루에게 붙임성 있게 인사를 건네고 주방으로 향한다. 그런데 오늘은 일주일 만인데도 '네'라고만 대답할 뿐, 아무 말도 걸지 않았다.

묘하게 데면데면한 분위기라 히로코의 뒷모습을 바라보았다. 그러자 안쪽 주방에, 평소에는 히로코 아버지 혼자 요리를 만드는데, 오늘은 설거지도 하고 가지런히 그릇 정리도 하는 또 한 명의 젊은 남자가 보였다. 왠지 낯이 익었다. 아하, 가게가 붐비는 점심시간에 자주 동석했던, 이 식당 단골이었다. 근처 슈퍼마켓이나 부동산 전단지를 인쇄하는 회사의 직원이다. 히로코와 부모가 이 식당을 이어갈 후계자를 저 남자로 결정한 걸까.

남자는 히로코의 아버지가 하는 말에 붙임성 있게 네네 대답하며 일했다. 후계자 자리를 뺏긴 것 같아 은근히 질투 비슷한 감정까지 느꼈다. 인간은 참 재미있는 존재다.

상대에게 딱히 관심도 없었는데, 막상 상대가 이쪽에 무관심해지면 왠지 좀 쓸쓸해진다. 남녀의 이별이나 부부 관계도 그럴지 모른다. 자기가 부정(否定)당한 기분이 들어서일까.

집으로 돌아오자, 다카키에게 전화가 왔다.

"목요일에 못 만났지? 내가 대신 가주려고 했는데⋯⋯."

평소처럼 장난스럽게 말했다.

"널 보냈다간 뺏기지."

사토루가 받아치자, 다카키가 웃으며 말했다.

"엇, 들켰네! 그 여자는 플레이보이인 내가 봐도 보통 여자랑은 좀 달라. 품위 있고, 우아하고, 우리랑은 다른 세상에 사는 사람이야."

"네 눈에는 당연히 보통 여자가 아니겠지. 너한테 보통은 소프랜드 아가씨나 패션헬스(마사지나 성적 서비스를 제공하는 업소) 아가씨니까……."

사토루가 웃으며 말했다.

"어허, 무슨 그런 실례되는 말을! 아사쿠사에서 타치보(길거리 매춘)도 산 적 있는데."

또다시 농담으로 돌려서 도무지 당해낼 재간이 없었다.

"다음 주는 어때?"

"오사카 결과를 월요일이나 화요일에나 알 수 있어서 확실히는 아직 모르겠어."

"야마시타도 걱정했어. 다음 주 목요일은 괜찮겠냐면서. 너, 이번에도 못 만나면 2주 연속이야. 그녀 마음도 변해버릴지 모르지."

"괜찮아, 이번에는 오사카에 가게 되더라도 이틀이면 충분해."

사토루는 그때 연락하겠다고 말하고 전화를 끊었다.

허기를 채워서인지 또다시 졸음이 몰려왔다. 이번 오사카 출장이 꽤 피곤했는지, 소파에 다시 누웠다.

우주인 둘이 미유키의 양팔을 붙잡고 이쪽을 바라보았다. 우주인의 얼굴을 찬찬히 보니 이와모토와 다카하시였다. 슬픈 듯이 사토루를 바라보는 미유키의 얼굴이 왠지 어머니의 젊은 시절과 비슷한 기분이 들었다.

세 사람이 허공으로 떠오르며 밤하늘로 올라갔다.

"안녕~."

미유키의 목소리가 메아리쳤다.

깜짝 놀라 벌떡 일어났다. 안 좋은 꿈이었다. 동화 같은 꿈이었지만, 사토루는 괴로웠다. 옛날에 깜짝 놀라 꿈에서 깨면 꿈이 맞는다고 했던 가짜 프로이트 같은 녀석이 있었는데, 방금 꿈은 제발 그러지 않기를 간절히 빌었다.

월요일, 기도하는 마음으로 출근했다. 혹시 오사카에서 전화가 와서 이와모토가 또다시 출장을 보내면 큰일이다. 불안해서 어쩔 줄을 몰랐다.

책상을 정리하고 있는데, 이와모토가 다가오더니

"어이! 미즈시마, 오사카에서 전화 왔는데." 하고 말문을 열었다.

사토루는 몹시 떨렸다. 또다시 출장인가 싶어 암담한 기분이었다.

이와모토가 기쁜 듯이 말을 이었다.

"평가가 상당히 좋은 모양이야. 다들 기뻐했고, 심지어 다카하시는 역시 내 제자답다고 칭찬하던데."

제자가 된 기억은 전혀 없지만, 출장은 없는 것 같아 일단은 안심했다. 이와모토가,

"다카하시 녀석, 보나마나 나한테 샘나겠지?" 하며 자기 책상으로 돌아갔다.

사토루는 일을 한 차례 마무리 지었다는 안도감에 멍해져서 자기도 모르게 어린 시절에 불렀던 멜로디를 입 밖으로 흘리고 말았다.

"이제~ 몇 밤만 더 자면~…… 월급날 ♪."

사실은 '목요일'이라고 노래하고 싶었지만, 순간적으로 얼른 바꿨다. 웃는 사람은 사카가미뿐이고, 다른 직원들은 어설픈 사토루의 유머 감각을 어이없어 했다. '초등학생 이하야.'라고 이마무라가 중얼거렸고, 요시다는 고개를 숙이고 어깨를 떨었다. 사토루는 신경 안 쓰는 척하며 다카키에게 전화해서 화요일이나 수요일쯤에 시간이 난다고 전했다.

"그래. 으음, 목요일은 안 될 테고~. 야마시타한테 말해둘게. 그건 그렇고, 가끔은 그녀도 데리고 넷이 마시면 좋잖냐. 진정한 너를 알게 해주기 위해서라도……."

"소프랜드 좋아하고, 한가하면 새벽 패션헬스에다 아사쿠사 타친보도 상대한다고? 아이가 있는 놈이 IT 직원이라고 속이고 작업 걸다 간이랑 네기마 꼬치 세 개씩 주문하다가 여자한테 들켰다, 그게 진정한 나인가?"

사토루가 비꼬며 말하자, 다카키가 전화기 너머에서 깔깔대며 웃었다.

화요일에 늘 그렇듯이 셋이 모였다. 변함없이 꼬치구이 가게 였는데, 다카키가 또다시 시답잖은 얘기를 시작했다.

"야, 내가 얼마 전에 대머리 노인네한테 들켜서 한 달 임대료 뜯겼다고 했었지."

"어어, 그거 진짜 웃겼어."

"그 여자가 난데없이 나한테 전화해서 대머리 노인네랑 헤어 졌는데 상담할 게 있다는 거야. 그래서 만났는데……."

"그 맨션에서?"

"으응. 그랬더니 그 여자가 대머리 대신 나더러 스폰서가 돼달 라는 거야. 그래서 너에 대해 전혀 모른다고 대답했더니, 사귀다 보면 알게 된다나. 나도 싫진 않아서……."

"엄청 좋아하는 거 아니고?"

야마시타가 웃으며 놀렸다.

"거 참, 시끄럽네. 그래서 마음이 동해서 했는데, 또다시 그 대 머리가 들이닥친 거야!"

"야, 그건 완전 꽃뱀이네!"

"그렇더라니까. 한 달 임대료 또 뜯겼다."

"그럼, 그 대머리 노인네랑 너랑 둘이 그 여자를 내연녀로 둔 거나 마찬가지네."

"멍청한 자식. 대머리는 매일이고, 난 한 달에 한 번이야."

이 얼마나 한심한 대화란 말인가…….

그러자 야마시타가 말했다.

"야, 너도 가끔은 미즈시마 같은 연애 좀 해라. 아는 건 이름뿐이고, 만날 수 있을 때만 만난다, 대단히 로맨틱한 연애 아니냐."

"뭔 소리야! 나도 그렇게 연애하는데."

"웃기시네, 네가 무슨!"

"나도 그렇다니까, 소프랜드를 생각해봐라. 아는 건 이름뿐이고, 내가 지명해도 먼저 온 손님이 있을 때는 못 만나지."

"그만하자, 인마."

다카키의 어이없는 말을 듣고, 잔술을 단숨에 들이켠 야마시타가 주인에게 소리쳤다.

"사장님, 이건 너무 약해요. 좀 진하게 해줘요!"

그러자 주인이,

"그건 물인데요……."

하는 바람에 셋이 빵 터지고 말았다.

다카키가 웃으며 말을 이었다.

"더 웃겼던 건, 그 노인네 분위기가 좀 달라진 것 같아서 머리를 자세히 봤더니 가발을 쓴 거라. 근데 그게 정수리부터 이마 윤곽선까지 스펀지를 덮고 잘라낸 것 같은데다 옆도 스펀지를 턱 붙여둔 모양새라 꼭 진시황제 병마용 같더라고."

"가발을 썼군, 그 색골 노인네."

"어어. 그 노인네가 내 얼굴을 보면서, '티 나나? 이거 가발이야'라기에 '가발이었어요? 말할 때까지 전혀 몰랐는데, 정말입니까?'라고 말해줬지."

"노인네는 뭐래?"

야마시타가 물었다.

"처음에는 머리 위에 얹는 걸 썼는데, 그건 머리칼이 어느 정도 있어야 되나봐. 여자가 안코다마(팥소를 넣은 둥근 모양의 전통 간식) 같대서 바로 가발가게에 주문했대. '어차피 조만간 새로운 모델이 나올 테니 싼 걸로 했는데, 그런대로 괜찮지?'라는 거야. 속으로 '너무 싸 보인다, 이 멍청한 구두쇠야'라고 생각했지만, 또 실랑이하기 싫어서 '기다 다로(일본의 작곡가, 피아니스트) 씨 같고, 전혀 모르겠어요.'라고 말해줬지. 그랬더니 순순히 납득해서는 '그렇군, 과학의 진보는 정말 놀라워~.'라고 잠꼬대 같은 소리를 하더라."

그러자 야마시타가 말을 받았다.

"나도 얼마 전에 갈빗집에서 가발 쓴 노인을 발견했어. 그 사람을 무심코 보고 있었는데, 갈비 굽는 연기가 이마 밑으로 들어가서 뒤통수로 나오는 거야. 그래서 그 노인네한테 무연 로스터 머리라고 이름 붙여줬지."

사토루는 두 사람의 시답잖은 우스갯소리를 들으며, 목요일 데이트를 어떻게 할까 생각하고 있었다.

수요일 아침, 드디어 내일은 피아노에 가는 날이구나 생각하며 출근했다.

얼마 전에 담당했던 이탈리안 레스토랑이 낮 영업만 먼저 시작해서 가보기로 했다. 가게는 니혼바시 사무실 지역 뒷골목에 있다. 싸고 맛있다고 소문이 나면, 직장인들이 줄을 늘어서겠지.

일본사람들은 정말로 줄을 좋아하는 것 같다. 사토루는 점심 시간을 피해 3시가 넘어서 레스토랑을 방문했다. 가게 이름은 '피렌체', 밤에는 '사르데냐'라고 정한 모양이다. 그 도토리 사장의 얼굴이 떠올라서 슬며시 미소가 번졌다.

손님이 거의 자리를 뜬 가게에 얼굴을 내밀자, '죄송합니다만, 주문은 3시까지인데요.'라며, 도저히 이탈리안 레스토랑의 웨이트리스로는 보이지 않는 오사카 다코야키 가게 아줌마 같은 점원이 불쑥 말을 건넸다.

"아니, 저는 잠깐 사장님께 볼 일이 있어서 왔어요. 시미즈디자인연구소의 미즈시마입니다."

그렇게 말하며 주방으로 향했다. 웃는 얼굴로 주방에서 나온 사장이 고객용 테이블을 권한 후, '괜찮아요?'라고 묻더니 대답도 듣기 전에 담뱃불을 붙이고 연기를 내뿜었다.

"어떻습니까, 손님들 반응은?"

"지금 상황은 그럭저럭 괜찮은데, 손님은 워낙 바람둥이니 메뉴를 다양하게 고민해봐야죠."

사장이 의욕을 보였다.

"메뉴는 고정하는 게 더 낫지 않을까요? 너무 많이 늘리면 손님도 망설일 테고, 아사쿠사에는 덮밥가게니 전골가게니 보리참마 백반이니 유명한 가게들이 많잖아요."

"이 메뉴로 잘만 풀리면 일도 편하고 좋겠죠~. 무슨 좋은 아이디어 없을까요?"

성실하게 생긴 사장의 얼굴에는 수염이 살짝 길어 있었다.

"낮에는 파스타와 수프만 하면 어때요? 파스타만 하면 나폴리탄이나 바질리코나 미트소스…… 소스만 준비해두면 편하겠죠. 금액도 별로 안 비쌀 테고, 밤에는 가게 이름을 바꾸니까 요리도 다르게 하면 좋지 않을까요?"

"과연……, 이태리 식당이라고 하면, 손님들이 피자나 올리브를 이용한 푹 끓인 요리 등등 다양하게 먹고 싶어 하니, 파스타 가게로 정하는 게 좋을지도 모르겠군요. 종업원도 줄일 수 있고, 모두 밤으로 돌리면……."

"저는 요식업이 본업이 아니라, 손님 입장에서 말할 수밖에 없습니다만."

사장이 이걸로 다 해결됐다고 마음 놓으면 큰일이다 싶었던 사토루는 상대의 기분을 진정시키느라 애를 먹었다.

"그리고 또 입구에 메뉴 같은 걸 안 써놔도 조만간 입소문이 퍼져서 파스타 전문점이라는 소문이 날 겁니다."

"간판은 필요 없나요?"

"있어도 좋긴 하겠죠. 보통은 칠판에 분필로 메뉴와 가격을 써두잖습니까. 그런데 웃기는 건 대부분은 오늘의 추천요리나 셰프의 추천요리죠. 어느 개그맨이 텔레비전에서 '그건 전날 남은 거 아닌가?'라며 개그 소재로 삼았잖아요."

밤 영업 준비는 아직 안 됐지만, 빨리 오픈하고 싶다고 사장이 말했다. 지금 상태로는 밤 영업에는 아직 부족한 부분이 많겠다고 사토루는 판단했지만, 일단은 낮을 어떻게든 꾸려가는 게 선결 과제라고 생각하며 그와 헤어졌다.

회사로 돌아와서 이탈리안 레스토랑은 그럭저럭 괜찮은 것 같다고 이와모토에게 보고했다. 내일까지는 밤 영업에 필요한 큰 와인셀러와 테이블보 등 추가하고 싶은 물품 목록을 추려달라고 이와모토에게 부탁하고, 책상으로 돌아왔다. 그런데 내일 저녁까지 해야 할 일을 구태여 늘린 셈이 되고 말았다. 6시까지는 일을 마치고, 피아노에 가야 하는데.

퇴근길에 아무것도 안 먹었다는 걸 깨닫고 요시카와에 들렀다. 평소처럼 히로코가 주문을 받으러 왔는데, 어쩐 일인지 기운이 없었다. 무슨 일이 있었나 싶어 주방을 보니 예의 그 남자가 보이지 않았다. 벌써 식당 일이 싫어진 걸까. 혹시 히로코의 부모님과 마음이 안 맞았나…….

이제까지 셋이 꾸려오던 가게에 타인이 들어오면, 아무리 서로 조심하고 배려해도 어렵긴 하겠지. 오랜 세월 이어온 것은 그리 쉽게 바뀌지 않는다.

역시 오랫동안 이어져온 것에는 나름의 묘미가 있겠지. 사토루는 왜 그런지 고물상 같은 생각을 했다.

집으로 돌아오자, 내일 혹시 이탈리안 레스토랑 사장이나 오사카 호텔 측에서 무슨 일을 만드는 건 아닐지, 이와모토가 또 자기 멋대로 지시해서 퇴근시간이 늦어지는 건 아닐지 걱정스러워서 갑자기 불안해졌다.

목요일.

어제했던 걱정은 기우였는지, 별다른 안건도 없이 정시에 퇴근할 수 있었다. 두근거리는 마음을 안고 피아노로 향했다. 늘 6시가 지나서 만났기에 좀 이르지 않나 생각하며 유리 너머로 안을 힐끗 들여다봤다. 미유키는 없었다.

살짝 실망스러웠지만, 아직 시간이 이른 만큼 기분을 바꾸고 안으로 들어갔다. 지난번에 둘이 앉았던 자리는 다른 남녀 손님이 차지하고 있어서 안쪽 빈 자리에 앉았다. 그녀가 찻집으로 들어오면 알아볼 수 있을까 불안했다.

오른편 안쪽을 힐끗 보니, 고개를 숙이고 얘기를 나누는 두 남자가 눈에 들어왔다. 다카키와 야마시타였다.

사토루는 너무 어이가 없어서 두 사람에게 다가가,

"니들 지금 뭐해!"하고 화난 듯이 쏘아붙였다.

"어, 미즈시마, 이런 우연이 있나. 우리는 일 때문에 여기서 만나기로 했어. 그치, 야마시타?"

"어어, 이번에 설립할 IT회사 주식 건으로~."

다카키가 야마시타의 맞장구에 고개를 숙이고 웃었다.

사토루도 그쯤 되니 화와 부끄러움에 그냥 웃을 수밖에 없었다. 그런데 진지한 표정으로 바뀐 다카키가 찻집 입구를 쳐다본 순간, 사토루도 반사적으로 그쪽으로 눈을 돌렸다. 거기에 미유키가 서 있었다.

이쪽을 알아챈 기색도 없이 입구에서 가까운 자리에 앉았다. 멀리서 봐도 그녀는 역시 다른 여성과는 다른 느낌이었다. 옷매무새나 손에 든 핸드백, 몸에 장식한 액세서리 등등, 사토루는 가격을 알 수는 없지만, 아무리 봐도 다른 여성들과는 다른 분위기가 풍겼다. 사토루는 쏜살같이 그녀 앞으로 가서,

"지난주에는 죄송했습니다."라며 고개를 깊숙이 숙였다.

미유키는 사토루의 태도가 우스웠는지 나지막이 소리 내어 웃
더니,

"사과할 필요 없어요. 그러기로 약속했잖아요." 하며 자리를
권했다.

꿈같았다. 그 두 사람 앞으로 다카키와 야마시타가 마치 호쿠
사이의 우키요에(일본 에도시대에 유행하던 서민화)에 등장하는,
제등(提燈) 불빛에 의지해 구부정하게 밤길을 걸어가는 나그네
같은 모습으로 출구를 향해 걸어갔다. 쑥스럽기도 하고, 우습기
도 하고, 기쁘기도 했다.

"죄송했습니다, 지난주에는 어떻게 했어요?"

"늘 그렇듯이 잠깐 쇼핑하고, 여기서 차 마시고 돌아갔어요."

"아아, 그랬군요."

사토루는 왠지 맥이 빠져서 그 말밖에 안 나왔다. 뻔뻔스럽긴
하지만, 은근히 혼자라 재미없었다거나 외로웠다거나 하는 뉘앙
스가 담긴 말을 듣고 싶었던 것이다.

미유키가 갑자기 물었다.

"지금 연주회 가실래요? 아는 사람한테 받은 티켓이 있어요.
공연은 아직 안 시작했을 거예요."

"네, 가겠습니다."

사토루는 너무나 갑작스러운 전개에 놀라 상관에게 명령받은
병사처럼 씩씩하게 대답했다. 미유키가 택시 안에서 오늘 연주

회의 지휘자는 고바야시 겐이치로라는 사람인데 동양인 최초로 체코 필하모니를 지휘했고, 스메타나의 교향시 '나의 조국'은 전 세계에 중계됐던 대단한 사람이라고 알려주었다.

오늘은 베토벤 교향곡 제5번과 베를리오즈의 환상 교향곡, 그리고 '나의 조국'을 연주하는 듯한데, 사토루는 그녀의 얘기를 들으며 아무것도 모르는 자신이 부끄러웠다.

시부야의 오차드홀에 도착했을 때 공연 시작을 알리는 벨이 울리고, 객석의 불이 막 꺼지는 중이었다. 두 사람은 다른 손님에게 방해가 안 되게 조심하며 객석에 앉았다.

다른 손님을 찬찬히 보니 복장 규정은 딱히 없었지만, 저마다 클래식 연주회에 걸맞은 양복이나 드레스를 착용하고 있었다. 사토루는 갑자기 자기 옷차림이 부끄러워서,

"옷이 이런데, 괜찮아요?"라고 미유키에게 물어보았다.

"남에게 폐만 안 끼치면 어떤 차림이든 상관없어요."

미유키는 별로 개의치 않는 분위기였다.

새삼 다시 곁눈질로 미유키를 관찰하자, 몸에 두른 것들은 요즘 젊은이들이 갖고 있는 것처럼 비싼지 싼지 한눈에 알아볼 수 있는 브랜드 제품은 아니었다. 그런 것은 졸업한 지 이미 오래인 듯 훨씬 심플하고 품격 있는 패션이었다.

이 사람은 다른 세상에서 살다 온 사람이라는 생각이 들어서 앞으로 과연 사귈 수 있을까 하는 걱정에 음악은 뒷전으로 밀려

버렸다. 그래도 마지막에 연주된 스메타나의 교향시는 감동적이었다. 현대인이 잊어버린 민족성과 동유럽 제국의 풍경을 멋지게 묘사해내서 고바야시 겐이치로의 안내로 차원이 다른 세계로 이끌려가는 것 같았다.

연주회가 끝난 후 근처 찻집에서 스메타나의 교향시가 제2차 세계대전 후에 소비에트 지배로 인한 동유럽 제국의 슬픔과 고통을 훌륭하게 표현했다고 미유키에게 말하자, 스메타나는 1800년대 후반의 체코 음악가라고 알려주었다. 아무것도 모르면서 멋대로 비평한 자신이 부끄러웠다. 그래도 클래식을 듣고 그 곡에 관해 미유키와 대화를 나눌 수 있다니, 마치 외국인과 데이트하는 기분이었다. 기분이 좋아져서 지휘자라곤 오자와 세이지밖에 모르면서도 미유키에게 이런저런 질문을 하고 말았다.

미유키는 사토루가 자기를 배려해서 음악에 관한 질문을 해준다고 여긴 모양이다. 화제를 사토루의 업무로 돌리려고,

"지금 담당하는 프로젝트, 많이 힘들어요?"라고 물었다.

둘이서 개인적인 얘기는 되도록 피하기로 약속했었다. 그렇지만 그 자리의 분위기도 있어서 오사카로 출장 가서 호텔 로비와 엘리베이터, 에스컬레이터 설계로 일주일씩 걸리는 바람에 피아노에 못 갔던 사정을 단숨에 쏟아놓고 말았다.

"아, 죄송합니다! 내 얘기만 너무 떠들어대서."

"너무 신경 쓰지 마세요. 그럼, 앞으로 만나도 아무 얘기도 못

하게 되잖아요. 뭐든 정도 문제니까. 그럼, 매일 밤샘하면서 호텔 디자인을 했네요."

"목요일 점심때까지는 마무리 짓고, 도쿄로 돌아오려고 했는데."

"멋지네요, 밤샘도 꺼리지 않는 일이 있다니……."

싫어하는 일은 아니지만, 당신 만날 시간을 내고 싶은 마음이 더 강했다고 속으로 생각했지만, 차마 입 밖으로는 낼 수 없었다. 섣불리 그런 말을 했다간 어설픈 작업 멘트가 되어버리겠지.

"호텔은 객실과 레스토랑, 식기 같은 것까지 전부 디자인해요?"

미유키가 물었다.

"으음, 대부분은 종합건설사 주도로 메인 설계사무소에 발주하는데, 그 밑에 우리 같은 회사가 관련돼서 일을 받는 거죠. 그렇다 보니 상부 설계사무소로 출장 가는 일도 종종 생겨요. 대체로 가장 큰 문제는 예산이라서 기발한 디자인은 무시되죠."

"호텔 하나 짓는데도 다양한 회사가 관여하네요."

"나쁘게 말하면, 모두가 정해진 예산을 놓고 쟁탈하는 셈이라 국회의원처럼 공작해서 예산을 끌어오는 거나 다름없어요. 우리 부장 같은 사람은 창업자 연줄을 이용해서 하청을 받는데, 일을 꽤 잘 따오죠."

"돈이 움직이는 데는 사람들이 많이 관련되나 봐요."

"경제는 안 그러면 안 되나 봅니다. 한심하긴 하지만……. 으음, 미유키 씨, 다음은 어떡할까요? 배 안 고파요?"

사토루는 미유키와의 거리가 줄어든 기분이 들어서 물어보았다.

"저는 꼬치구이 집에서 소주라는 걸 마셔보고 싶어요. 사토루 씨, 자주 가시죠?"

사토루는 매우 놀랐다.

"정말 창피하지만, 전 아직 꼬치구이 집에 가본 적이 없거든요."

"네? 가본 적이 없다고요, 지금까지?"

"그런 곳에 같이 갈 만한 친구가 없어서……."

사토루는 갑자기 기분이 좋아졌다. 그녀와의 거리가 훨씬 줄어든 기분이었다.

"그럼, 최근에 알게 된 가게가 있는데, 한번 가볼래요? 새벽까지 영업하는 허름한 가게라 옷이 더러워질지 모르지만."

"죄송하지만, 취해버릴지도 몰라요. 전 술이 별로 안 세서……."

사토루는 다카키와 야마시타가 데려갔던 히로오의 가게로 미유키와 함께 갔다. 출입문을 열자, 안에는 다카키와 야마시타가 보였고, 이미 거나하게 취해 있었다.

두 사람을 본 다카키가 놀라며 말했다.

"미즈시마, 너 뭐야? 여기 올 거면 미리 말했어야지. 그럼, 자리라도 맡아뒀잖아."

그리고 미유키에게 시선을 돌리더니, 주눅 든 기색도 없이 당당하게 물었다.

"아아, 미안. 오늘 데이트였죠. 어디 갔었어요?"

사토루가 성가시다는 듯이 대신 대답했다.

"음악회 갔다."

"야, 부럽다~. 요즘 히카와 기요시(일본의 엔카 가수)가 엄청 인기던데."

그러자 술 취한 다카키가 쏘아붙였다.

"야마시타! 지금 뭔 소리야, 바보 같은 자식! 데이트하는데 히카와 기요시를 보러 가겠냐! 그건 아줌마들이나 가지."

"클래식 음악회 다녀왔어."

사토루가 말했다.

"클래식? 아하! 그럼, 오래된 거네. 쇼지 다로나 스가와라 쓰즈코?"

"야, 그건 옛날 가수지!"

"그럼, 나니와부시나 기타유?"

"넌 이제 입 다물어. 베토벤이나 모차르트 말하는 거지?"

다카키가 얼른 수습했다.

미유키는 재밌는 듯이 웃었지만, 사토루는 당황해서 어쩔 줄을 몰랐다.

야마시타가 옆 손님에게 말했다.

"죄송합니다만, 조금씩만 당겨주시겠어요? 친구의 첫 꼬치구이 데이트라서……."

"야야, 야마시타, 됐어. 다른 집으로 갈 거야."

"왜 이래, 미즈시마! 데이트란 자고로 이런 허름한 꼬치구이 집이 좋은 법이다. 서로 신경 쓸 필요 없고, 마음 편히 대화할 수 있잖아. 하물며 여긴 이렇게 지저분한 데다 주인아저씨는 붙임성도 없고 점원은 어수룩하고, 가난뱅이 손님은 머릿속으로 먹은 꼬치구이 숫자와 주머니 사정을 따져가며 멍청한 동료와 상사 험담에 처자식에 대한 불만을 주고받고…… 그야말로 여긴 자기의 불운을 정화하는 곳이지."

다카키가 역설했다.

'이 녀석들, 꽤나 취했군.'이라는 생각이 들었지만, 다른 손님이 웃으며 자리를 내줘서 사토루와 미유키도 카운터 자리에 앉았다. 주인아저씨는 두 사람이 붙임성 없고 지저분한 가게라고 했는데도 사람 좋게 웃고 있었다.

"죄송합니다. 분위기가 이래서 좀 놀랐죠?"

"아뇨, 전혀. 저는 소주 마실래요."

"어라! 소주? 소주도 마셔요? 미즈와리? 깃초무? '천년의 바람기'란 술이 맛있는데."

"'천년의 잠'이지, 이 멍청아!"

주인아저씨가 '안주는 뭐로 드릴까요?'라고 묻자, 다카키가 득달같이

"간이랑 네기마는 안 시키는 게 좋아요."라며 야마시타를 놀렸다.

무슨 말인지 전혀 모르는 미유키는 '알아서 주문해주세요.'라고 말하고, 주인이 내준 소주를 천천히 마시기 시작했다.

미유키에게는 말할 수 없었지만, 다카키와 야마시타가 마치 스트립극장의 손님처럼 진지한 표정으로 미유키를 뚫어져라 바라보는 모습이 우스꽝스러웠다.

"이 녀석들이 오늘 피아노에서 우리를 감시했어요. 깐에는 둘이 안 들키게 살금살금 밖으로 나가는 모습이 어찌나 웃기던지, 정말 한심하더군요."

사토루가 말하자, 미유키도 그 모습이 떠오른 듯이 웃었다.

"만담 개막 출연자가 방석을 들고 무대 옆으로 퇴장하는 모습 같았어요."

미유키의 뜻밖의 반응에 사토루는 놀랐다.

"미유키 씨, 만담 좋아해요?"

다카키가 물었다.

"옛날에 아버지가 만담을 좋아해서 신주쿠의 스에히로테이 같은 데 자주 갔어요."

"다음에 요세 공연이라도 보러 가죠, 미즈시마 빼고. 스에히로

테이에 이 녀석이 나오니까."

"에~, 매번 익숙한 만담으로 문안을 드리는데, 선생님이 최근에 건망증이 심해져서."

"언제부터 그래요?"

"뭐가요?"

"저는 이만 퇴장하겠습니다."

다카키와 야마시타 둘이서 어설픈 만담 흉내를 냈다.

"왜 이리 까부냐, 야마시타! 더럽게 못하네!"

한껏 신이 난 두 사람과 더 이상 같이 있는 건 위험하다. 사토루는 '내일 일찍 나가야 해서.'라고 두 사람에게 말하고, 미유키를 데리고 밖으로 나왔다.

"설마 그 시간에 녀석들이 있을 줄은 꿈에도 몰랐는데, 실례했습니다."

"천만에요, 두 분 다 좋은 친구네요, 재미있고. 꼬치구이랑 술도 맛있었어요."

"늘 저 모양이고, 미유키 씨가 없으면 훨씬 심해요."

"나 신경 쓰지 말고, 평소대로 해도 되는데."

미유키는 딱히 마음에 두는 기색은 없었다. 근처에서 택시를 잡아 차에 태워주는 순간, 미유키가 갑자기 사토루의 뺨에 입을 맞추더니,

"또 봐요." 하며 손을 흔들고 멀어져 갔다.

사토루는 지금 대체 무슨 일이 벌어진 건지 한동안 얼이 빠져 있었다.

'미유키가 내 뺨에 키스했다.'

중학생처럼 가슴이 두근거리고, 뭔지 모를 야릇한 흥분을 느꼈다. 다카키와 야마시타가 있는 꼬치구이 집으로 돌아가자, 다카키가 평소와 다름없이 남들도 아랑곳 않고 큰 소리로 떠들어댔다.

"에이 뭐야, 왜 왔어? 호텔까지 데려갈 줄 알았는데."

그러자 야마시타가 재빨리 끼어들었다.

"어, 네 뺨에 립스틱 묻었네!"

"야, 이 자식, 밖에서 했네! 호텔 갈 돈이 없었냐? 이 가난뱅이 자식아, 어디서 했어? 전봇대 뒤에서? 뒷골목에서? 그런 데가 있던가, 이 주변에."

"시끄러, 자식들아! 무슨 립스틱이 묻었다고 난리야."

사토루는 그렇게 받아치며 카운터에 놓여 있는 물수건으로 뺨을 닦았다. 야마시타가 다카키에게 말했다.

"너도 립스틱 묻은 거 분명히 봤지? 좋겠다~ 이 자식은."

"넌 지난번에 사우나 갔을 때, 거시기 끝에 립스틱 묻혀왔잖아."

"그만해, 다카키! 너무 한심하다! 거시기가 어떻든 상관없어. 그 얘긴 그만 좀 해라……."

사토루는 다른 손님들 이목이 신경 쓰여서 어쩔 줄을 몰랐지만, 두 사람은 여전히 떠들어댔다.

"그나저나 1단계는 클리어했군. 다음에는 엉덩이 만지고, 그 다음은 팬티……."

"야마시타, 네가 더 한심하다! 멍청한 녀석아."

미유키가 헤어질 때 한 키스가 사토루를 묘하게 긴장시킨 바람에 그 후에도 셋이 2차 3차 돌며 퍼마시고 말았다.

앞장 선 야마시타가 오이마치에 있는 단골집이라며, 술집인지 바인지 모를 아리송한 가게로 안내했다. 가게 이름은 초라하게도 '무민(Moomin)'이었고, 여자는 마담뿐이었다. 술이 워낙 취해서 가게 분위기는 딱히 신경 쓰이지 않았고, 야마시타는 들어가자마자 노래를 부르기 시작했다.

다카키와 사토루는 요즘 유행하는 하이볼을 마시며 가끔 박자가 어긋나는 야마시타의 노래를 낄낄거리며 듣고 있었다.

오늘은 웬일인지 다카키가 아직 미유키나 어머니 얘기를 꺼내지 않았다. 평소 같으면 언제 호텔로 유혹할 거냐, 결혼 약속은 했냐, 어머니는 괜찮으냐고 물었을 텐데, 말도 별로 없이 무슨 생각에 잠겨 있는 듯했다. 다카키도 나름대로 복잡한 사정이 있겠지.

다카키의 아버지는 맨주먹으로 부동산회사를 일으켰고, 아내를 세 번이나 바꿨기 때문에 다카키에게는 배다른 남동생과 여동생이 있다. 남동생은 명문대학을 졸업하고 큰 은행에 취직했다. 그 후, 아버지의 사업을 이어받았다.

다카키는 아버지와 대화가 거의 없다. 그렇다기보다 다카키가 집에서 나왔기 때문에 만날 기회조차 거의 없는 것 같다. 다카키는 아버지가 소유한 임대빌딩 1층에서 다세대주택이나 맨션을 소개하는 작은 장사만 허락받았지만, 아버지의 재산, 즉 임대빌딩, 맨션, 러브호텔, 토지 등은 상당한 액수일 것이다. 그런데 아버지는 남동생을 후계자로 선택했다.

다카키에게는 어머니의 추억이 없다. 어머니가 일찍 세상을 떠나서 아버지와 후처랑 같이 살았다고 한다.

다카키가 귓가에 대고 말했다.

"야, 미즈시마, 어머님은 좀 어때? 잘해드려라. 살아 계실 때 잘해드리지 못하면 후회돼."

자기 어머니를 떠올렸는지, 서글픈 듯이 중얼거렸다.

"어어…… 의사선생님이 허리랑 다리 수술을 안 하면 자리에 누워버린다고 하는데, 어머니는 수술은 아플 것 같고, 내장기관도 이미 다 약해졌다며 원치 않으셔. 그래서 수술하자고 설득도 못 하겠다."

사토루가 마음에 걸렸던 말을 꺼냈다.

"의사 놈들, 툭하면 수술하고, 약만 엄청 써대고. 노인이니 실패해도 불평 못 할 거라고 생각하는 거 아냐?"

"아냐, 의사나 간병인이나 다 좋은 사람이야."

그러나 문제는 한심스러운 자기 자신이었다. 그쯤에서 야마시타가 고래고래 소리를 지르며 노래를 불렀다.

"아름다운 인생이여~ 한없는 기쁨이여~ ♪."

"아름다운 인생 좋아하네! 네 놈 얼굴 좀 봐라. 외근만 돌아서 시커멓잖아."

"시커먼 건 마쓰자키 시게루(일본의 가수 겸 배우)지. 난 아냐~."

서글픈 얘기가 또다시 우스갯소리가 돼버렸다.

금요일 오전에는 요양원 시설에 가기로 했다. 늘 그렇듯이 비조기와 오이즈미 근처에서 정체돼서 노인홈에 시간 맞춰 도착할 수 있을까 걱정했는데, 가까스로 제 시간에 도착했다. 의사선생님께 인사하고 어머니 병실로 향했다. 복도를 걸어가던 사토루는 문득 위화감을 느꼈다. 전에 수술을 권했던 의사가 아무 말이 없었기 때문이다. 어머니 상황은 어떻게 됐을까?

병실에 들어갈 때까지 불안했다. 어머니는 조용히 침대에 앉아 있었다.

"어머니, 저 왔어요. 좀 어때요?"

말을 건네자, 어머니가 사토루 쪽으로 얼굴을 돌렸다.

"왠지 네가 올 것 같은 기분이 들면서 갑자기 잠이 깨지 뭐니. 하느님이 깨웠을까. 오늘이 널 만나는 마지막 날이라고."

"이상한 소리 하지 마세요."

사토루는 눈물이 날 것 같았지만, 큰 맘 먹고 미유키 얘기를 해주었다.

"어머니, 여자친구가 생길 것 같아요."

"어머나, 잘됐구나. 어떤 아가씨니?"

어머니가 환한 얼굴로 물었다.

"으음, 왠지 요즘 사람답지 않게 굉장히 품위가 있어요. 나랑은 태생부터 다르달까? 아무튼 다음에 데려올게요."

"우리 집이 가난해서 미안하구나."

"아니, 그런 뜻이 아니에요! 어머니가 얼른 건강해져서 셋이 같이 살면 좋을 텐데."

사토루가 괜한 소리를 해서 어머니에게 오히려 마음을 쓰게 만든 듯했다.

"이제 내 생각은 할 거 없어. 넌 충분히 날 보살펴줬잖니, 고맙다. 그 아가씨랑 둘이 사이좋게 살게 해달라고 기도하마."

사토루는 말없이 고개만 숙이고 있었다.

"내가 그 전에 빨리 죽어야 할 텐데. 너에게 더 이상 짐이 되고 싶진 않아."

"그런 소리 하지 마세요."

"그 아가씨도 너랑 사는 건 좋겠지만, 남의 부모 모시는 건 누구나 싫어하게 마련이야."

시어머니로서 며느릿감에게 대항의식이라도 있는지, 몹시 현실적인 말을 혼잣말처럼 중얼거렸다. 어머니는 지금도 사토루를 자기만의 소유물로 여기고 있을지도 모른다.

사토루가 애원하듯 위로했다.

"어머니, 그 사람은 그런 여자가 아니에요. 다음에 인사시킬게요."

"괜찮다니까, 괜히 번거롭게 그럴 거 없어……. 그 아가씨한테도 부담이야. 이런 엄마 모습을 보였다간 당장 차일걸!"

끝까지 당찬 어머니 연기를 하는 모습을 보니 사토루는 서글펐다.

돌아오는 길에 온갖 생각들이 머릿속을 스치고 지나갔다. 건강하게 일하는 어머니, 집을 홀로 지키는 어린 시절의 나, 미유키의 웃는 얼굴, 쓸쓸해 보이던 다카키의 얼굴……. 회사 주차장에 도착했을 때는 어느새 오후 3시가 넘어 있었다.

책상에서 이탈리안 레스토랑의 밤 영업을 대비해 모형을 개조해보려고 고민하고 있는데, 이와모토가 다가오더니 오사카에 다시 한 번 출장을 다녀오라고 했다.

언젠가는 가야 할 거라고 예상은 했지만, 벌써 가야 하나 싶어 맥이 탁 풀렸다. 다음 주부터 출장이면, 돌아오는 날은 또다시 금요일이나 토요일이 되어버린다.

"내일부터 가서 수요일 밤이나 목요일 오후까지 도쿄로 돌아올 순 없나요?"

이와모토에게 물었다.

"그쪽도 일정이 있을 테니 쉽게 바꿀 순 없겠지. 호텔 예정 부지의 하수시설과 전기배관 건으로 지하를 몇 층까지 팔 수 있나 펜딩된 건이 있었지? 오사카 시와 협의한 결과, 간신히 지하 2층까지는 만들 수 있게 된 모양이야. 버짓과 케파까지 고려해서 프레젠테이션의 그라운드디자인을 다시 한 번 컨시더해달라는 오더가 들어왔어."

또다시 영문 모를 외래어가 난무했다. 사토루는 하는 수 없이 주말을 이용해서 디자인을 다시 고민해보기로 했다. 이와모토가 월요일에 오사카의 다카하시에게 시청 담당자와 조정해달라고 부탁한다고 하니, 오사카 출장은 빨라야 화요일이다. 이와모토는 당장 오사카에 전화를 걸었는지, 평상시처럼 외래어가 흘러나왔다. 아무래도 상대측에서 조정하고 전화를 줄 모양이다. '잘 부탁합니다.'라며 전화를 끊고 사토루 쪽을 돌아보더니, 남의 사정은 안중에도 없고 자기 편할 대로 말했다.

"화요일이나 수요일쯤에 가. 그때까지 고민 많이 해두고."

절망적인 일정이다. 목요일까지 돌아오는 건 도저히 불가능하다. 자칫하면 목요일이 또다시 엉망이 되어버릴 것 같다.

"어이, 미즈시마. 자네, 목요일마다 데이트하는 모양이던데?

피아노 사장한테 들었어. 써스데이 나이트 피버야? 존 트라……
뭔가 하는 배우가 나왔던 영화지~."

이와모토는 그렇게 말한 후, 전혀 비슷하지 않은 어설픈 춤 흉
내를 냈다. 사무실에 있던 직원들 모두가 그 모습을 보고도 못
본 척했다. 사토루는 자기 책상으로 돌아가 생각에 잠겼다.

지하는 2층까지라……. 문제는 그 지하를 어떻게 유용하게 쓰
느냐인데. 주말에 천천히 고민해볼까. 이와모토의 분위기로 봐
서 아무래도 오사카 출장은 수요일쯤이겠지.

토요일. 오늘과 내일 이틀 동안 디자인을 고민해볼 계획이었
는데, 어머니와 미유키 생각이 자꾸만 떠올라 일에 집중할 수가
없었다.

다카키나 야마시타를 만나 한잔할 기분도 아니라서 지난번에
미유키가 데려가준 연주회의 지휘자 고바야시 겐이치로의 CD
를 사러 긴자 레코드가게에 갔다.

클래식 코너로 가서 점원에게 물었다.

"실례합니다, 고바야시 겐이치로의 CD 있나요?"

"아~, 고바켄 씨요, 아주 많죠. 어떤 걸 좋아하세요? 일본 필하
모니도 있고 요미우리 일향(日響)도 있고, 체코 필하모니랑 공연
한 음반도 있는데. 산토리홀의 스메타나도 있고요."

스메타나라는 말을 듣고, 지난번에 감동했던 곡을 떠올린 사

토루가 물었다.

"스메타나의 조국인가 뭔가 하는 곡도 있나요?"

아무것도 모르면서 유행에만 민감한 남자라고 판단했는지, 점원이 말했다.

"스메타나의 '나의 조국' 말인가요? 옥타비아레코드에서 나온 게 있어요. 그리고 베를리오즈의 환상 교향곡이나 차이코프스키, 말러도 있고요."

지식을 펼쳐 보이는 상대에게 은근히 뿔이 났지만, 모르는 건 모르는 거다.

"죄송하지만, 스메타나의 '나의 조국'밖에 모릅니다."

사토루의 솔직함에 마음이 바뀌었는지, 점원이 갑자기 정중한 태도로 고바야시 겐이치로에 관해 자세히 알려주었다.

다음에 미유키를 만나면 벼락공부이긴 하지만 얘기해보자. 보나마나 나중에 또 창피만 당하겠지만. 집으로 돌아와 CD를 들었다. 오랜만에 느껴보는 편안함에 어느새 스르륵 잠이 들고 말았다. 정신을 차렸을 때는 일요일 아침이었다.

내일이면 출장 날짜가 결정될 테니, 사토루는 다시 한 번 호텔 디자인을 고민하기로 했다. 전에 생각했던, 1층에 엘리베이터와 그 주위를 크게 에워싸듯 나선형 슬로프를 만드는 제안은 양보할 수 없지만, 지하 2층까지 쓸 수 있다면 1층 입구 폭이 좁으니 엘리베이터를 두 대로 늘려서 지하 2층 주차장에서 2층까지 엘

115

리베이터로 바로 올라갈 수 있게 하면 어떨까. 지하 2층 전체를 주차장으로 만들고, 지하 1층은 엘리베이터 외에는 레스토랑 같은 걸 만들면 좋지 않을까 머릿속으로 이미지를 그려 보았다. 문제는 건물 전체의 색조겠지. 역시 메탈릭 컬러로 결정 날 것 같은 예감이 또다시 들었다.

월요일. 예상했던 대로 화요일에 어느 정도 준비해서 수요일에 출장을 떠나게 되었다.

지난번에 오사카에서 구하기 어려웠던 스티렌본드, 마분지, 커터칼, 스티렌보드, 컬러마커 등을 신주쿠 세계당에서 구입하고, 가게 캐릭터인 멍청한 모나리자에게 인사하고 집으로 돌아왔다. 그리고 좀 길어질 것 같은 출장에 대비해서 큰 가방에 옷가지와 소지품을 우겨넣었다.

미유키를 또 못 만나지만, 다카키나 야마시타에게 말하면 괜히 배려랍시고 피아노에 가서 날 감싸기라도 하면 큰일이다. 이런저런 생각을 하며 부족한 물건을 점검했다.

수요일. 신오사카 역에 도착하자, 미리 연락을 받았는지 시마다가 신칸센 출구로 마중 나와 있었다. 다카하시가 도착하는 대로 회사로 바로 와달라고 했다기에 오사카 지사로 곧장 향했다.

시마다가 택시를 타고 행선지를 말하자, 내비게이션에 곧바로 가는 길과 도로 정보가 표시되었다. 문득 참 편리한 시대로구나 새삼 실감했지만, 요즘에는 너무 당연한 일이라 신기할 것도 뭣도 없었다. 사토루는 자기가 디자이너치고는 시대에 많이 뒤떨어진 남자라고 반성했다.

지사에서는 다카하시가 사토루를 목이 빠지게 기다리고 있었다. 디자인을 바꾸기 위해 당장 호텔 건설현장으로 가서 시공사와 공무원, 건축주인 호텔 측 사람과 다시 한 번 의논해달라고 했다.

다카하시의 지시를 듣던 사토루는 무심코 그의 머리를 본 순간, 지난번에 다카키와 야마시타가 했던 무연 로스터 얘기가 떠올라서 웃음이 터질 뻔했다. 가까스로 웃음을 참고, 시마다와 현장으로 향했다.

현장에는 관계자들이 모여 있었다. 지하 1층에도 차를 대는 현관과 VIP 주차장을 만들고 싶다는 호텔 측의 제안에 모두가 동의했다. 사토루는 엘리베이터 두 대, 지하 1층 절반을 입구, 각종 상점, 주차장으로 만들고, 지하 2층 주차장에서 2층까지 엘리베이터가 직행할 수 있도록 하고, 1층과 2층은 지난번 제안대로 진행하고 싶다는 취지를 전했다. 다양한 의견이 나왔지만, 그리 큰 변경은 없어서 사토루가 호텔 건축 모형을 만들기로 했다.

이탈리안 레스토랑은 1/6 축척으로 만들었지만, 이번에는 호텔이다. 축척은 어느 정도로 하면 좋을지 고민했다. 예를 들면 국제호텔 임페리얼타워의 기준층 면적은 550평 정도니까

1/500에서 1/600 축척으로만 만들어도 회사 책상 두 개 공간은 필요하다. 책상을 두 개쯤 쓰면, 이번 호텔은 250평 정도니 1/200에서 1/250 정도 축척은 가능하겠지.

지사로 돌아와 다카하시에게 보고한 후, 시마다가 어묵가게에서 한잔하자고 해서 함께 가기로 했다. 원래대로라면 내일은 미유키와 데이트할 예정이었는데…… 생각하자, 유명한 가게인데도 불구하고 맛있는 음식을 먹는다는 실감이 나지 않았다. 사토루가 묵을 호텔은 지난번과 마찬가지로 독방처럼 생긴 방이었다. 내일 모형 만들기에 필요한 재료를 함께 확인하기 위해 방까지 같이 와준 시마다에게 제발 출장서비스 아가씨는 보내지 말라고 부탁했다.

"역시 일반 아마추어 아가씨가 더 좋은가 보군요? 그럼, 엄청 예쁜 여대생 아가씨가 있는데, 그쪽으로 할까요?"

시마다는 여전히 이쪽 마음을 헤아리지 못하고 딴소리를 했다.

"최근에 여자에 별 흥미가 없어요."

사토루가 말했다.

"그건 안타까운 일이네. 도쿄 디자이너에다 미즈시마 씨처럼 멋진 사람이 여자를 싫어해요? 그래서야 마릴린 먼로한테 거시기가 붙어 있는 격이죠."

시마다가 썰렁한 개그로 받아치면서도 친절하게 마음을 써주며 물었다.

"그럼, 내일…… 뭐 필요한 물건 있으면, 제가 사가지고 갈까요?"

사토루는 시마다를 배웅한 후, 내일부터 할 작업을 머릿속으로 시뮬레이션해봤다. 시뮬레이션이라는 말이 머릿속에 떠오른 건 이와모토의 영향이겠지 싶어 살짝 부끄러운 마음도 들었지만, 일단은 연필과 자를 이용해서 축소한 도면을 그렸다. 그런데 막상 시작하고 보니 사토루의 버릇인지, 예외 없이 밤샘 작업이 되고 말았다. 다음날 아침, 졸린 눈을 비비며 회사로 향했다.

다카하시와 시마다를 비롯한 다른 직원들에게 새 도면을 보여주었다. 시마다가 도면을 보며 말했다.

"역시 미즈시마 씨는 다르네. 어제 어묵 먹을 때랑 맥주 마실 때도 별로 말이 없더니만, 디자인 생각만 했구나~. 정말 대단해~. 여자도 안 불렀죠?"

사토루가 당황해할 말을 아무렇지도 않게 내뱉었다.

"네가 소개하는 여자를 누가 사겠냐!"

다카하시도 오사카 사람 기질인지 일단은 핀잔을 준 후, 곧이어 여러 부서와의 콤비네이션이 중요하니, 스트럭처가 어떠니, 클라이언트니 버짓이니, 이와모토처럼 외래어를 한참 늘어놓고, 당장 모형 제작을 시작하라고 명령했다.

우선 어젯밤부터 생각해둔 1/250 축척으로 만들자. 옆 책상까지 침범하며 가위, 커터, 스티렌보드, 마분지, 컬러마커 등을 가지런하게 늘어놓고 준비하기 시작했다.

그 모습을 본 다카하시가 코웃음을 치며 말했다.

"미즈시마 씨는 아날로그가 아니면 영 안 되는 모양이야."

"그런데 컴퓨터를 써도 시간은 거의 비슷하게 걸리지 않나요?"

다카하시는 사토루 편을 드는 시마다의 말을 자기에 대한 반항이라고 받아들였는지 꼬투리를 잡았다.

"컴퓨터는 전기세밖에 안 들어! 미즈시마 씨 방식은 돈이 더 들잖아."

"하긴, 건물 설계하는 데 커터에 종이 값까지 들다니, 애들 여름방학 숙제도 아닌데 말이죠~. 그런데 섹스로 비유하자면, 야동 보고 자위하는 게 컴퓨터고, 싼 여자라도 사서 하는 게 미즈시마 씨 방식 아닐까요~."

시마다가 다카하시의 눈치를 살피며 말하더니, 사토루를 쳐다보고 웃었다.

뭐 이런 품위 없는 비유를 하는 녀석이 있나 한심했지만, 자기 편에서 마음을 써주는 다정함이 고마웠다. 사토루는 미유키도 잊고 일에만 매진했다. 다카키나 야마시타의 전화도 방해돼서 휴대전화 전원을 꺼두었다. 빨리 일을 마치려고 의욕을 불태우며 집중했다.

열심히 노력한 덕분에 일주일 남짓 만에 모형은 그럭저럭 형태가 잡혔다. 그동안 관계자와의 교제, 성가신 시마다와의 술자리, 밤에 시마다가 보내는 여자에 대한 공포 등등 이런저런 일들이 있었지만, 시간을 잘 활용해서 수요일 오전에는 완성했다.

관계자에게 보여주고, 그날은 오사카에 묵더라도 목요일 낮무렵에는 도쿄에 돌아갈 수 있겠지.

사토루의 프레젠테이션이 시작됐고, 건축사가 제시한 강도 문제나 예산 변경 등등 많은 질문들이 나왔지만, 그때그때 적절하게 대처할 수 있었다.

결과적으로 프레젠테이션은 대부분 호평을 얻었다.

"아직 개선의 여지가 있지만, 이걸 기본적인 펀드멘털로 진행하고자 합니다."

다카하시가 같은 의미인 일본어와 외래어를 중복해서 쓰며 마무리 인사를 했다.

회의가 끝나고 사무실에서 차를 마시며 드디어 내일은 그녀를 만날 수 있겠다며 멍하니 있는데,

"미즈시마 씨! 전화 왔어요!"

사무직 직원이 다급하게 알려주었다.

아 참, 휴대전화 전원을 꺼뒀지. 그 생각을 떠올리며 수화기를 들자, 상대는 다카키였다.

"다카키? 미안하다, 바빠서 전원을 꺼뒀어."

사토루가 사과하자, 다카키가 평소와 다르게 허둥거리는 기색

으로 입을 열었다.

"너희 회사로 전화했더니 오사카로 출장 갔대서 그리로 전화했어! 야, 정신 좀 차려!"

"무슨 소리야, 정신을 차리라니. 무슨 일 있었어? 휴대전화 꺼둔 건 잘못이지만, 일이 그만큼 바빴다니까."

"그런 얘기가 아니야, 미즈시마. 조금 전에 요양원 기무라 씨가 어머니 일로 전화했는데, 너한테 연락하고 싶어도 휴대전화가 연결되지 않아서 회사로 전화하려고 한 모양이야. 혹시나 해서 그 전에 나에게 먼저 연락했더군. 어머님 상태가 안 좋은가봐. 얼른 돌아와. 난 야마시타랑 먼저 가 있을게!"

사토루는 머릿속이 하얘졌다. 침착하자, 침착하자고 스스로를 타일렀다. 결국 올 것이 오고 만 것일까⋯⋯. 아무도 눈치 못 채게 다카하시에게만 사정 얘기를 하고, 도쿄에 일단 다녀와야겠다며 곧바로 회사에서 나왔다. 시마다가 눈치를 챘는지, 사토루를 쫓아오며 말을 걸었다.

"무슨 일 생겼어요?"

그렇게 불안해 보이는 시마다의 표정은 처음이었다.

사토루는 어머니 일이라고 솔직하게 말했다. 시마다에게는 왠지 처음부터 친근감이 느껴졌다. 시마다가 감정을 억누르고 사무적으로 말했다.

"짐은 도쿄로 보내줄 테니, 얼른 필요한 것만 챙겨서 신칸센을 타세요."

시마다에게 뭐라고 감사인사를 했는지조차 모른 채, 정신을
차려보니 이미 신칸센 안이었다. 자리에 앉는 순간, 눈물이 쏟아
져서 남의 눈도 아랑곳없이 울었다.

옆 손님이 놀랐는지, 일어서서 다른 자리로 갔다. 도쿄 역에는
예정된 시간에 도착했지만, 사토루에게는 너무 길게 느껴졌다.
전철을 갈아타며 이케부쿠로에서 도부도조 선의 히가시마쓰야
마 역까지 간 후, 택시를 타고 요양원으로 달려갔다. 병실 입구
에 다카키와 야마시타가 우두커니 서 있는 모습을 본 순간, 또다
시 왈칵 눈물이 쏟아졌다.

다카키도 야마시타도 눈이 새빨갰다.

"방금 전에 어머님이 세상을 뜨셨다. 넌 임종을 못 지켰네."

다카키가 큰 소리로 울음을 터뜨리며 말했다.

사토루는 유해가 있는 병실로 들어가서 잠든 듯이 누워 있는
어머니의 침대 옆에 말없이 눈물도 없이 그저 멍하니 서 있었다.
다카키와 야마시타가 울어서 부은 눈으로도 외가와 친가 친척을
묻더니, 부지런히 움직여주었다. 친척이라고 해봐야 살아 계신
건 작은아버지 가족뿐이다.

도쿄까지 갈 차편을 알아보고, 장의사에게 연락하는 일까지
사토루 대신 열심히 처리해주었다.

다카키는 직업상 맨션 주민들의 장례식에 자주 참석했는지,

장례식 절차를 상세히 알고 있었다.

그날 중으로 어머니의 유해를 미타 집으로 모셔와 안치했다.

사토루는 아무 생각도 할 수 없어서 다카키와 야마시타에게 모든 걸 맡겼다. 야마시타의 아내까지 한걸음에 달려와서 다음날 장례 절차와 조문객 접대까지 열심히 준비했고, 장례식과 함께 칠일재, 사십구재 제사를 같이 하기로 결정해주었다.

자정이 넘어 친구들이 돌아간 후, 사토루는 시신 옆에 그냥 멍하니 앉아 있었다. 나는 어머니에게 뭘 해드렸을까…… 머릿속에 떠오르는 거라곤 어머니에게 변변한 여행도 식사도 옷도 못해드린 후회뿐이었다.

눈을 뜨고 정신을 차리자, 어느새 시신 옆에 그대로 잠들어 있었다.

이런저런 생각을 하다 아침 해가 뜰 무렵에야 깜박 잠이 들어버렸는지, 시계를 보니 오후 3시가 넘어 있었다. 야마시타가 아내와 아이를 데리고 도와주러 왔고, 다카키는 시간에 맞춰 아는 스님을 데려올 모양이다.

야마시타가 사토루의 책상을 접수대처럼 입구에 내놓고, 방명록 같은 것도 준비해서 나름 형식을 갖췄다. 야마시타의 아내는 매달리는 아이를 야단치며 술과 초밥 같은 장례식 음식들을 테이블에 차려놓고 그럭저럭 밤샘 준비를 마쳤다.

야마시타가 아마 조문객은 친가 친척이나 사토루의 회사 관계자 정도일 테니, 작은 집에서 해도 괜찮다며 어머니 영정사진 앞에 작은 상을 놓고, 의미는 잘 모르면서도 향꽂이와 분향용 향로까지 갖춰놓았다.

장례식 밤샘은 5시 무렵부터 시작됐다. 다들 바쁜 중에도 와주었다. 사토루의 회사 동료들과 작은아버지도 조문 후 바로 돌아갔는데, 어찌 된 영문인지 놀랍게도 이탈리안 레스토랑의 도리 사장이 달려와서는 영정사진 앞에서 목 놓아 울었다. 순수하고 다정한 사람이라는 생각이 들었다.

다카키가 대표로 조문(弔文)을 읽어주었다. 7시 무렵이 되자, 조문객 방문이 한 차례 마무리되어 집에는 사토루와 다카키, 그리고 야마시타의 가족만 남았다.

야마시타 부부는 '엄마, 가자~, 집에 가자~.'고 졸라대는 아이를 달래면서 뒷정리를 해주었다.

다카키가 마실 거라도 좀 사온다며 밖으로 나갔다. 사토루는 미안한 마음으로 어머니 곁을 지키고 앉아 있을 뿐이었다.

조금 전까지 칭얼대던 야마시타 아들의 웃음소리가 옆방에서 들려왔다. 야마시타가 아이를 달래려고 뭔가를 했는지, 아이의 웃음소리가 상당히 컸다. 살짝 들여다보니 후센 타로(風船太郎)라는 거리 공연사의 흉내를 내며 아이를 웃기고 있었다.

초상집에서 웃음소리를 내나며 빈축을 살 만하겠지만, 사토루는 친구의 고마움을 뼈저리게 실감했다.

이런 상황에 조심스럽지 못한 생각이겠지만, 오늘은 목요일이다. 2주 연속 미유키를 못 만났다는 생각이 떠올랐고, 어머니와 미유키 생각으로 마음이 너무 흐트러져서 나는 몹쓸 남자라며 또다시 시무룩해졌다.

내일 만날 약속을 하고 야마시타 가족이 돌아간 후, 다카키가 집으로 돌아왔다. 통조림 같은 걸 내려놓더니, 부엌에서 제 집처럼 접시와 컵을 꺼내왔다.

"이 고등어, 의외로 맛있어."

능숙하게 통조림을 딴 후, 남은 초밥까지 안주 삼아 맥주를 따랐다.

다카키가 숙연한 표정으로 어머니 영정사진을 보며 말했다.

"너희 어머님은 훌륭한 분이야. 여자 혼자 몸으로 널 어엿하게 키워내셨잖아."

"고맙지."

사토루가 중얼거렸다.

다카키가 울음 섞인 목소리로 말했다.

"너한테 짐이 안 되려고 수술까지 거절하고 돌아가셨어, 감사해라."

다카키의 그 말에 사토루는 또다시 눈물이 솟구쳤다. 다카키도 그에 이끌려서 떨리는 목소리로 말했다.

"나도 어머니를 위해 울어보고 싶다."

어머니에 대한 추억이 없는 다카키는 네가 부럽다며 울었다.

갑자기 현관 벨이 울려서 나가 보니 오사카 지사의 시마다가 서 있었다. 오사카에서 일부러 먼 길을 와준 것이다. 사토루에게 전화해도 연락이 닿지 않아, 도쿄 지사로 전화해서 주소를 알려 달라고 한 모양이다.

시마다가 '이건 다카하시 부장님이 보냈어요.'라며 자기 조의금과 같이 불단에 올리고, 어머니 영정에 향을 피우더니 한동안 조용히 앉아 있었다. 그러다 두 사람의 얼굴을 보며,

"내일 첫차로 오사카로 돌아갑니다. 부디 얼른 기운을 차리십시오." 조심스럽게 말하고 자리에서 일어섰다.

그러자 다카키까지 일어서며 같이 나갔다.

"내가 호텔까지 모셔다드릴게. 미즈시마, 그럼 내일 보자!"

사토루는 어머니의 얼굴을 들여다보며 우두커니 앉아 있었다.

"곁에 있을 수 있는 것도 오늘밤이 마지막이네……."

다음날, 구에서 운영하는 장례식장까지는 미리 준비해둔 자그마한 영구차로 시신을 모셨다.

화장을 마치고, 유골을 담는 시간이 왔다. 사토루는 어머니의 유골을 젓가락으로 집어 유골함에 넣으며 또다시 눈물을 흘렸다.

어머니의 유골은 힘없이 부슬부슬 부스러져서 좀처럼 집기 어려웠다.

젊은 시절의 영양부족이 원인이란 건 알지만, 유골함에 담긴 유골 높이에 또다시 슬퍼졌다.

돌아오는 길에 다카키가 물었다.

"너희 집은 진언종이야? 홍법대사겠군. 나무아미타불, 나무묘법연화경, 어느 쪽이었어?"

"조금 전에 스님이 염불했잖아. 나도 몰라."

사토루가 대답했다. 그리고 슬픔을 떨쳐내듯 말했다.

"오늘은 이제 그만 쉬자. 이와모토 부장이 쉬어도 된다고 했으니 너희도 나랑 같이 가자. 감사인사라도 해야지."

"기다렸던 말이다!"

야마시타가 얼른 말을 받았다.

그러나 다카키는 수심에 잠겨 여전히 쓸쓸해 보였다.

신바시에서 전철을 내려서 허름한 상가 건물로 들어갔다. 안에는 대낮부터 옛 동료와 한잔하는 퇴직자 일행, 일은 없지만 술값 정도는 겨우 낼 만 한 사람들로 예상보다 붐볐다.

다카키가 찬술을 마시면서 사토루에게 말했다.

"너, 그 여자를 또 기다리게 만들었네. 2주 연속이야. 나라도 피아노에 가서 못 오는 이유를 말해줄걸 그랬나. 열심히 일하느라 어머님 임종도 못 지킨 사토루가 가엾다."

"정말 가엾지! 다 불쌍해!"

야마시타가 갑자기 눈물을 흘렸다.

야마시타는 아무래도 핀트가 좀 어긋난 친구다. 화장장에서는 담담하더니, 한차례 정리되고 나서야 갑자기 울음을 터뜨렸다. 야마시타 나름대로는 긴장하며 참아왔겠지. 사토루는 미유키 생각을 하고 있었다.

다음 주에는 만날 수 있을까? 만나더라도 어머니 말은 하지 않는 게 좋겠지. 그녀에게 어머니 얘기는 하지 않기로 마음속으로 다짐했다.

다음날인 토요일, 회사에 가서 출근한 동료와 이와모토에게 감사인사를 하고, 다음 주에 할 일을 확인한 후 퇴근했다.

일요일에는 조의금에 대한 답례품을 고르러 백화점에 갔다. 뭐가 좋을지 도통 감이 안 잡혔다. 고민하다 적은 인원이니 옛날부터 좋아했던 추상화 화집을 보내기로 했다. 답례품을 받는 쪽에서는 칸딘스키, 몬드리안, 말레비치 등의 작품을 보고, 이건 또 뭔가 의아해하겠지만.

볼일을 마치자, 왠지 긴자 거리를 걸어보고 싶어졌다. 혹시 그녀를 만날지도 모르고, 고급 브랜드 매장에서 손님을 응대하는 미유키를 발견할지도 모른다. 미유키가 무슨 일을 하는지는 정확히 모르지만, 처음 만났을 때 평범한 판매원이라고 했던 말을 떠올리고, 긴자나 아오야마의 고급 매장에서 일하지 않을까 상상해봤다.

그러나 막연히 걸어본들 미유키를 만날 리가 없다고 생각하여 마음을 접고, 집으로 돌아와서 아버지와 어머니의 영정에 향을 올렸다. 이제야 정말로 혼자 남았다는 실감이 났다.

목요일에 미유키를 만날 수 있다면, 이 고독감도 사라질 것 같지만, 과연 그녀가 올까? 머릿속은 온통 그 생각뿐이라 줄곧 불안했다.

월요일에 출근하자, 이와모토가 이탈리안 레스토랑이 밤 영업을 시작한 것 같으니 한번 들여다보고 오라고 했다.

레스토랑으로 가니 낮과 밤 영업을 교대하는 시간이라 간판도 '사르데냐'로 바뀌고, 입구에는 빨간 카펫이 깔려 있었다. 주방 조명도 따뜻한 색으로 바뀌어 있었고, 이와모토에게 부탁했던 벽 한 면을 차지하는 대형 와인셀러가 꽤 근사한 분위기를 자아냈다.

전반적인 상황을 찬찬히 둘러본 후, 종업원 제복을 맞춰 입는 부분, 소믈리에 복장은 유행을 안 타는 기본 스타일이 좋겠다는 감상을 얘기한 후, 손님 응대 태도에 관해서도 의견을 보탰다. 메뉴가 있는데, 이쪽에서 일방적으로 요리나 소스 재료, 식재료 원산지 등을 일일이 얘기해주면 오히려 데이트 분위기를 깰 수 있으니, 손님이 물었을 때만 대답하는 게 더 나은 배려 같다고 말했다. 마지막 의견이 가장 신경 쓰였던 점인데, 사토루는 자기 경험에만 기반해서 잘난 척하며 설명하고 말았다.

방문을 마치고 돌아오는 길에 요시카와 식당에 들렀는데, 또 다른 새로운 남자가 주방에서 일하고 있었다. 과연 며칠이나 버틸까 염려스럽긴 했지만, 히로코나 부모님과 사이좋게 일하는 모습을 보고, 이번에는 괜찮겠지 하며 얼른 식사를 마치고 집으로 돌아왔다.

차를 마시며 이제는 습관이 된 고바야시 겐이치로가 지휘한 스메타나의 '나의 조국'을 들었다. 이틀만 더 지나면 드디어 그녀와의 데이트다. 그런데 그녀가 안 오면 어쩌나. 어머니까지 돌아가시고, 엎친 데 덮친 격으로 그녀까지 안 오면 어쩌나 깊은 고민에 빠졌다.

딱히 할 일이 없어서 텔레비전을 켜보니 최근에 인기를 끌기 시작한 만담 콤비 중 한 사람이 반주석에 앉아 어수룩한 혼혈인 모델을 상대로 시답잖은 음담패설을 하며 웃음을 이끌어내고 있었다. 대체 뭐가 그리 웃긴지 도통 이해가 안 갔지만, 저런 사람들이 호텔에 묵거나 식사를 해주니 간접적으로나마 자기의 고객이라고 납득했다.

다음날 출근하자, 다음 프로젝트는 요쓰야에 위치한 사무용빌딩으로 결정 나 있었다. 종합건설사 설계 부문에서 하청 받은 건인데, 1층 프런트와 회의실, 휴게실을 한 층에 모두 집어넣는다고 한다. 이 사람들은 대체 그 버릇을 언제 바꾸나 한심스러웠지만, 일단은 스태프로 참가해야 한다.

그리고 다음날, 이와모토가 쏟아내는 외래어를 건성으로 들으며 오늘밤에는 못된 친구 녀석들과 어디에 갈까 궁리하고 있었다. 오늘 셋이 한잔하며 시간을 때우면, 내일은 드디어 미유키를 만날 수 있다. 살짝 불안하긴 하지만…….

다카키에게 전화를 걸자, 피아노에서 만나자며 놀렸다.

"피아노는 목요일만 가!"

하며 진심으로 버럭 하고 말았다. 다카키가,

"오, 걸려들었어."라며 크게 웃었다.

저녁에 그 이태리 식당이 궁금해서 두 친구를 사르데냐로 데려갔다. 그런데 사토루와 다를 바 없이 다카키와 야마시타 역시 메뉴를 보고도 와인, 전채, 메인 요리를 전혀 몰랐고, 뭘 물어도 그저 맛있다는 대답뿐이었다. 심지어 야마시타는 바보 같은 질문까지 했다.

"여기 히데와 로잔나(일본 부부 듀오 가수)나 지롤라모(이탈리아 출신의 탤런트)도 옵니까?"

다카키가 받아쳤다.

"히데는 이미 죽었잖아. 여기서 왜 스파게티를 먹겠냐. 먹으면 귀신이지."

그나마 손님이 별로 없어서 다행이지만, 누가 듣기라도 했으면 무척 창피했겠지.

드디어 목요일이다! 아침부터 묘하게 가슴이 뛰어서 영정사진 속의 부모님에게 그녀와 잘 되게 해달라는 뻔뻔한 부탁을 하고, 토스트와 차를 마시며 흥분을 가라앉힌 후, 회사로 향했다. 회사에서는 이와모토가 바쁜 듯이 오사카 호텔 건으로 오사카 지사의 다카하시와 전화 통화를 하고 있었다.

"아아, 공사를 시작했군요. 엇, 지하 배관을 건드렸다고요? 응, 그래서요? 물이 터졌는데, 매스컴을 잘 속였다? 야, 그건 정말 다행이네. 벌써 말뚝박기 기초공사가 시작됐어요? 알겠습니다. 공사가 구체적인 단계에 들어가면, 이쪽에서도 누구든 보내야겠군요, 알겠습니다."

누군가 보내야 한다니 나밖에 없지 않은가, 하고 사토루는 생각했다. 오사카에 가게 되면 거의 완공 때까지 있게 될 텐데, 그러면 2년 가까이 걸리겠지. 어떻게 하나. 사토루는 난처했지만, 그보다는 오늘 저녁에 만날 미유키와의 데이트로 머릿속이 가득 차서 다른 생각을 할 여유가 없었다.

그때부터는 책상에서 색채와 소재 등의 건축 관련 책을 읽는 척하며 시간만 때웠다.

5시 반이 되었다. 조금 이르지만, 피아노로 향했다. 밖에서 가게 안을 봤는데, 늘 앉는 자리에 미유키의 모습은 보이지 않았다.

아직 이른 시간이라고 스스로를 위로하며 안으로 들어가 차를 마시며 고개를 숙이고 기다렸다. 입구에서 인기척이 나면, 바로 얼굴을 들었다 다른 사람이면 실망한 듯이 고개를 숙이기를 반복했다. 누가 그런 모습을 봤으면, 이상한 녀석이라고 생각했을지 모른다.

그런데 고개 숙인 시야 끝에 베이지색 에나멜 구두가 멈춰 섰다.

"죄송해요, 늦어서."

이 목소리! 2주 동안 간절히 기다렸던 순간이었다.

사토루는 고개를 들 수 없었다. 왜 그런지 눈물이 멈추질 않아서 주문을 받으러 온 웨이트리스가 머뭇거릴 정도였다.

미유키는 천천히 옆자리에 앉아 커피를 시키더니, 사토루에게 아무 말도 시키지 않았다. 혹시 그녀가 어머니 일을 알고 있나 하는 생각까지 들었다.

그러고 보니 다카키가 장례 중에 음료수를 사러 간다고 나가서 한 시간가량 안 들어왔는데, 혹시 그녀를 만나러 갔던 건 아닐까.

"2주 동안이나 정말 죄송했습니다. 매주 왔어요?"

눈물이 번진 얼굴을 어떻게든 감추려고 애쓰며 미유키에게 물었다.

"네, 변함없이 윈도쇼핑 후에 여기 들렀고, 사토루 씨가 안 올 것 같아서 적당히 시간 보내다 돌아갔어요."

"죄송합니다, 이상한 질문이겠지만, 지난주에 혹시 다카키가 뒤늦게 무슨 소식을 전하러 오지 않았나요?"

미유키는 순간적으로 당황한 표정을 보였지만, 얼른 추스르고 말했다.

"그런 건 안 하기로 약속했잖아요."

"미안합니다. 그랬죠."

그녀에게 실례되는 말을 하고 말았다. 그렇지만 사토루는 다카키가 그녀에게 소식을 전하러 왔었다고 확신했다.

"오늘은 어떻게 할까요?"

사토루가 묻자, 그녀가 대답했다.

"아무 데도 안 가도 돼요. 여기서 차만 마셔도……."

"미유키 씨, 이제 제법 따뜻해졌으니 밤바다라도 갈까요? 낡은 자동차밖에 없지만."

"괜찮네요. 전 밤바다 좋아요."

"쇼난 괜찮아요? 제3게이힌 도로로 가면 금방인데……. 지금 바로 차 가지고 올게요."

"너무 서두르진 마세요, 사고라도 나면 큰일이니까."

사토루는 자기 집 주차장으로 가는 택시 안에서 다카키에게 감사했다. 그 녀석은 데이트가 2주나 어긋나서 걱정스러운 마음이었을 것이다. 다음에 그 녀석에게 무슨 일이 생기면, 이번엔 내가 챙겨줘야지.

30분 만에 피아노 앞에 차를 댔다. 미유키가 잰걸음으로 조수석에 올라탔다.

걱정스러웠던 클러치도 별로 신경 쓰이지 않았고, 메구로 거리에서 간파치 순환도로를 우회전해서 바로 제3게이힌으로 접어들었다. 지카사키에서 가마쿠라 방면으로 향했고, 도중에 갓길에 차를 세우고 바다를 바라보았다. 남들 눈에는 어색한 두 사람의 분위기로 보아 연인 사이처럼 보이지 않았을 것이다. 차가 고장 나서 잠시 머물러 있는 남녀로 보였을지도 모른다.

"죄송해요. 이런 배기가스와 먼지 속에서 검게 가라앉은 바다를 봐야 아무 재미도 없을 텐데."

그러자 그녀가 바다를 물끄러미 바라보며, 혼잣말처럼 중얼거렸다.

"바다가 파랗게 빛나지 않아도, 공기가 탁해도, 도로가 자동차 때문에 시끄러워도 괜찮아요. 신경 쓰지 마세요. 그 덕분에 빛나는 바다의 아름다움과 고마움을 알 수 있으니까."

무슨 뜻인지 확실히 알 수는 없지만, 그 말투와 달관한 듯한 미유키의 중얼거림이 사토루의 마음을 흔들었다.

미유키는 어머니의 죽음을 알고 있다. 다카키가 피아노에 가서 내가 못 오는 사정을 전했겠지.

비쩍 마른 어머니 모습, 울어서 부은 다카키와 야마시타의 얼굴, 간병인 기무라 씨, 불단 위의 아버지 영정, 많은 사람들이 떠올랐다 사라졌다. 기어이 사토루는 소리 내어 울고 말았다.

바다를 바라보고 있던 미유키가 눈물에 젖은 사토루의 눈가를 손끝으로 살며시 닦아주었다. 사토루는 미유키를 와락 끌어안고, 미유키의 가슴에 얼굴을 파묻고 하염없이 울었다. 지금 미유키는 어머니이자, 보살이자, 천사였다.

사토루의 회사는 출근시간이나 퇴근시간이 확고하게 정해져 있지는 않다. 각자 담당하고 있는 업무에 따라 빨리 왔다 빨리 가는 사람도 있고, 그 반대도 물론 있다. 이와모토만 늦게 와서 빨리 간다고 다들 험담을 한다.

다행스럽게도 어머니의 장례가 끝난 후에는 미유키와 매주 만났다. 데이트는 늘 6시 반 무렵부터 시작하기 때문에 7시에 시작하는 음악회나 연극은 처음부터 보기가 힘들었다. 그런데 미유키는 뭘 봐도 이해를 다 하는지, 사토루는 공연 후에 찻집에서 나누는 대화가 훌륭한 선생님에게 듣는 수업 같았다.

가장 의외였던 것은 신주쿠의 스에히로테이에서 공연을 보고 돌아오는 길이었다.

요세(寄席) 공연의 마지막 출연자인 토리가 '시바하마(芝浜)'를 했는데, 너무나 서툴러서 결말 부분에 '아냐 됐어, 또 꿈이 돼버리면 안 되지.'라는 마지막 대사가 우리에게는 '악몽'처럼 들리고 말았다.

미유키가 시바하마는 가쓰라 미키스케의 18번이지만, 다테카

와 단시가 몰입했을 때의 시바하마는 어떤 광기마저 느껴진다고
했다. 3대째인 순푸테이 류코의 '노자라시', 고콘테이 신초의 '오
미타테' 등등 다양한 명연(名演)도 알려주었다. 오미타테는 고콘
테이 신초의 제자가 신우치(真打, 만담가의 최고 계급) 습명(襲名)
공연 때 자주 연기하는 라쿠고인데, 도저히 스승의 경지에는 이
르지 못한다느니, 고콘테이 신초의 라쿠고는 화가로 비유하자면
피카소고, 가쓰라 미키스케는 마티스 정도일 거라며 회화 세계
까지 얘기가 확대되었다. 라쿠고를 좋아하는 사토루까지 당황하
게 만들어버릴 만큼 수준 높은 라쿠고 담론을 펼치는 그녀에게
감탄을 금할 수가 없었다.

사토루가, 신초가 연기하는 아내는 허리복대의 따뜻한 온기와
여자 냄새가 풍길 듯한 에도 토박이 부인이라 더없이 좋다고 말
하자, 그녀도 웃으며 라쿠고 흉내를 냈다.

"너, 또 남편이랑 싸우고 나한테 상담만 해대는데, 도대체 왜
못 헤어져?"라고 말한 후,

"추우니까 그렇지, 뭐."라며 신초 연기를 흉내 내는 데 감쪽같
은 연기에 놀라고 말았다.

오사카 호텔이 본격적인 공사에 들어갔다. 그와 동시에 내부
인테리어 준비와 재료 반입 작업도 시작되었고, 사토루는 일정을
잘 조정해서 도쿄와 오사카를 오가며 순조롭게 일을 진행해갔다.

그런데 결국 이와모토가 이런 말을 하는 걸 듣고야 말았다.

"미즈시마, 오사카 호텔 공사 현장에서 1, 2년 상주할 수 있겠나? 물론 승진 포함이야."

오사카에도 직원이 많은데, 왜 굳이 내가 가야 되나 속으로 투덜거렸다. 이유야 어떻든 이와모토는 도쿄에서 오사카까지 가서 상주할 수 있는 사람은 독신남인 사토루뿐이라고 생각했을 것이다.

그렇게 되면, 미유키와의 목요일 데이트는 어떻게 되지? 매주 올 수 있을까? 머릿속이 혼란스러웠다. 1년 이상이나 도쿄를 떠나야 하나…….

그날 밤, 다카키와 야마시타랑 늘 가는 꼬치구이 집에서 그 얘기를 나눴는데, 다카키는 술이 많이 취한 탓도 있어서 '그냥 결혼해버려.'라고 쉽게 받아넘겼다.

"벌써 몇 번이나 했겠지…… 이 플레이보이 자식."

"몇 번 정도 될까…… 일주일에 한 번이라고 치면, 4×몇 달이지?"

야마시타가 농담으로 계산하기 시작했다.

사토루는 주위에서 귀를 쫑긋 세우고 있는 손님이 신경 쓰여서 다카키와 야마시타를 말리느라 애를 먹었다. 집으로 돌아와 부모님 영정 앞에서 미유키에게 청혼할 생각이라고 보고했다. 사진 속의 부모님이 웃는 것처럼 보였다.

이와모토가 10월부터 오사카로 가달라고 해서, 앞으로 몇 달 안에 프러포즈를 해야겠다며 혼자 고민에 빠졌다.

늘 마담 혼자뿐인 오이마치의 술집 '무민'에서 결국 또 두 친구에게 상의했다.

"결혼하겠다고? 너희 그런 관계였어?"

웬일로 다카키가 진지하게 물었다.

"육체관계? 그런 건 없었어."

사토루가 대답했다.

그러자 야마시타가 의아한 듯 물었다.

"상대의 마음은 확인했니? 너 혼자 생각은 아니고?"

"나도 이제 서른이 넘어서 나름 경험 많아. 남녀관계 뭐 그런 건 아무래도 상관없어. 그냥 같이 있고 싶어, 그녀랑."

"넌 서른이 넘었다고 하지만, 마음은 아직 초등학생 같잖아."

"내가 무슨 어린애냐."

"그렇지만 전에 야마시타가 말했지. 연예인들이 헤어질 때 툭하면 성격 차이니 시간이 잘 안 맞느니 하지만, 대부분은 성적으로 안 맞아서라고."

"육체관계 없이 결혼하면 이상한가?"

"아냐, 서로 사랑하면 그런 건 관계없어."

야마시타가 취해서 큰 소리로 말했다.

"야마시타, 너 뭐야! 네가 먼저 꺼낸 말이잖아."

"다카키, 그게 아니라, 늙어서 할아버지 할머니 됐을 때를 생각해봐라. 섹스가 맞고 안 맞고 따윈 상관없어. 황혼 이혼이라는 건 성격 차이거나 남편이 돈을 못 벌어서 귀찮아진 것뿐이야. 요즘 보면 잘 알잖아. 아가와 사와코(일본의 수필가이자 소설가, 탤런트)는 좋은 여자지, 상대도 괜찮아. 그 사람들 육체관계가 양호할 것 같냐? 아마 그렇진 않을 거다. 역시 성격이나 생각이 잘 맞아서겠지."

"너 왜 이래, 벌써부터 아내한테 미움 받냐?"

"그런 건 아니야. 다만, 아내는 아들 녀석 학교 걱정뿐이라 난 잘 안 챙겨줘."

"네 불평 듣자고 온 거 아니야. 사토루 문제나 고민해."

야마시타는 또다시 술과 물이 헷갈렸는지, '이 술, 너무 약하지 않나.'고 중얼거리며 말을 이었다.

"지금 제일 중요한 문제는 미즈시마가 언제 어디서 어떻게 그녀에게 프러포즈를 하느냐야."

"어이, 넌 어디서 어떻게 했어? 알려줘라, 선배니까."

"으음, 내 경우는 장소는 러브호텔, 만난 지 이틀째에. 아내한테 낚여서."

"바보 같은 자식, 전혀 도움 안 되잖아."

사토루는 크게 웃고 싶었지만, 자기 때문에 이런 얘기가 나왔으니 쓸쓸하게 웃으며 술잔만 기울였다. 야마시타가 다시 얘기를 풀어놓았다.

"옛날에 내 동료가 반지를 사서 애인한테 청혼하고 싶대서 다 함께 아이디어를 짜내며 고민한 적이 있었어. 회사에 낡은 두더지게임기가 있었는데, 그걸 개조해서 가장자리 구멍으로 사람 머리가 나올 수 있도록 만들었지. 기계를 작동시키면 두더지가 여기저기 구멍에서 얼굴을 내밀고, 남자는 적당한 때를 보아 반지를 갖고 구멍 밖으로 얼굴을 쏙 내민다. 그리고 '결혼해주세요'라며 두더지를 두드리던 그녀에게 프러포즈를 한다는 설정이었지. 그래서 거래처 게임센터 한쪽 구석에 그 두더지게임기를 옮겨놓고, 남자를 안에서 기다리게 하고 그녀를 불러서 게임을 시켰어. 그랬는데 여자가 게임에 너무 몰입한 나머지 남자가 머리를 내민 순간, 온 힘을 다해 망치로 내려쳐버린 거라. 남자는 그 자리에 쭉 뻗어버렸지."

"거짓말. 아무리 멍청한 여자라도 그런 낌새는 다 알아채. 좀 제대로 된 방법은 없나?"

다카키가 웃으며 얘기를 마무리 지었다.

"실제로 그녀가 OK한다고 장담할 순 없으니 괜한 잔재주 부리지 말고, 일단 반지부터 사서 이때다 싶을 때 프러포즈를 하면 돼."

"그럼, 어디 가서 반지부터 사야겠군. 다카키, 우리 둘이 같이 가주자. 예산은 어느 정도야?"

"같이 가는 건 좋은데…… 넌 반지 어디서 샀어?"

"코코야마오카('코코'는 일본어로 '여기'라는 의미도 있음). 파산하고 도망쳐버려서 지금은 '어디? 야마오카'라고 불리지."

"넌 또 금세 농담으로 빠지냐. 진지하게 생각 좀 해봐라."

"야 사토루, 난 저축은 한 푼도 못 했지만, 넌 좀 했지?"

"조금밖에 없어. 그런데 결혼반지는 몇 달치 월급이었지?"

"그건 보석상에서 지들 돈 벌려고 꾸며낸 상술이야. 백만 엔이내면 충분해. 네 월급이 오르면 새 걸로 사주면 되잖아."

상대 마음이 중요하다고 했던 말도 다 잊었는지, 둘이 한껏 들떠 있었다.

"내일 저녁에 긴자에 가보자. 6시 반쯤이면 되겠지."

"그럼, 이제 노래나 부를까."

야마시타가 노래방 마이크를 움켜쥐며 말했다.

"마담, '헤어져도 좋은 사람' 부탁해요."

"너 바보냐? 한창 결혼 얘기하는데, 그건 또 뭔 노래야! 둘이내일을 향해 나아가는 시점이라고!"

"그럼, 뭐 불러?"

"앞으로 함께 걸어갈 거니까 스이젠지 기요코의 '365보의 행진' 같은 건 어때? 둘이 착실하게 살아가는 느낌이잖아."

"아, 그러네~. 마담, 그걸로 부탁해요."

야마시타가 다시 마이크를 움켜쥐었다.

도입부 반주가 흘러나오고, 야마시타가 노래하기 시작했다.

"행복은~ ♪ 걸어오지 않아, 그래서~ 나도 걷지 않아 ♪"

"바보 자식, 걸어, 너도 걸어!"

다카키가 추임새를 넣었다.

"하루에 한 발짝~! 사흘에 세 발짝~ 세 발짝 물러나고, 두 발짝 물러나고~ ♪"

야마시타가 원곡과 다르게 엉터리 가사를 붙이며 장난스럽게 노래했다.

"야 인마, 너 벌써 다섯 발짝이나 물러났어! 좀 제대로 된 노래 없냐? '러브레터' 같은 건 어때?"

"뭔데, 그게? 누구 노랜데?"

야마시타는 블루하트를 모르는 모양이다.

"그 노래도 실연 노래야!"

사토루가 걸고넘어졌다.

"그럼, 신나게 '린다린다'나 부를까?"

"그 노래라면 나도 알아."

도입부 음악이 흘러나오자, 야마시타가 춤을 추기 시작했다.

"호테토루(러브호텔에서 하는 매춘) 아가씨를 불렀더니~ 고추 끝이 아파~ ♪ 린다린다~, 린다린다린다~ ♪"

"네 노래는 이제 됐다. 내일 약속이나 잊지 마."

다카키가 술을 하이볼로 바꿔서 마시기 시작했다. 야마시타는 여전히 '아름다운 인생이여~ ♪ 한없는 기쁨이여~ ♪'라며 시커먼 얼굴로 마쓰자키 시게루 흉내를 내고 있었다.

다음날, 긴자의 보석상 앞에 셋이 모였다. 매장으로 들어가기 전에 야마시타가 물었다.

"그 사람 반지 사이즈는 아니?"

"몰라."

사토루가 대답했다.

"그럼, 어쩌려고?"

일단은 샀다가 안 맞으면 다시 보석상에 들고 가서 고쳐달라고 하면 되지 않느냐고 상의하는 와중에, 수상한 사람들로 보였는지 어느새 경호원 두 명이 입구 근처에 서서 이쪽을 살피고 있었다.

매장으로 들어가서 응대하러 나온 점원에게 결혼반지를 보여달라고 했다.

'예산은요?'라고 물어서 '백만 엔 이내.'라고 대답하자, 진열대 안에서 90만 엔쯤 하는 반지를 꺼내왔다.

사토루는 큰 맘 먹고 그 반지를 사기로 했지만, 반지 사이즈를 물어서 순간 곤란했다. 그러자 다카키가 '아가씨, 잠깐만 손 좀.'이라며 점원의 손을 잡고 손가락을 어루만지더니,

"이 정도 느낌인데~." 하면서 적당히 얼버무렸다.

엉큼한 자식, 손잡고 싶어서. 그런데 점원이 티 나지 않게 슬며시 손을 빼며 물었다.

"사이즈가 7이나 9 정도 아닌가요?"

"그럼, 일단 8로 살까? 어, 야마시타?"

다카키가 자기 멋대로 정해버렸고, 야마시타는 마치 사탕이라도 사듯 주문해버렸다.

"이거 하나 주세요."

결국 90만 엔짜리 반지를 샀고, 바로 열어서 보여줄 수 있게 리본이나 포장은 거절했다. 작은 상자에 담긴 반지를 주머니에 넣고, 목요일인 내일 그녀에게 어떻게 건넬까…… 프러포즈 타이밍을 고민했다.

점원이 매장에서 나오는 세 사람에게 축하한다고 인사를 건넸다. 사토루는 왠지 부끄러웠고, 청혼하려면 이렇게 마음고생을 하는데 용케 수많은 부부들이 탄생했구나, 새삼스레 감탄했다. 다카키가 '자, 기분이다, 지금부터 전야제야! 한잔할래?'라고 말했지만, 야마시타가 웬일로 '오늘은 난 여기서 그만 실례해야겠다.'고 쓸쓸하게 말했다.

"왜?"

다카키가 물었다.

"난 아내에게 변변한 반지도 못 사줘서 왠지 미안하네. 오늘은 일찍 들어가서 집에서 한잔하려고."

야마시타가 쓸쓸히 돌아가려 했다.

"그럼, 사토루랑 둘이 밥이라도 먹고 들어갈게."

다카키가 개의치 않는 척 말했고, 둘이 야마시타를 배웅했다. 신바시 꼬치구이 집에서 둘이 소주를 마시긴 했지만, 묘하게 숙연한 분위기였다. 오랜만에 본 야마시타의 쓸쓸한 뒷모습이 무겁게 다가왔는지, 다카키가 입을 열었다.

"다들 힘들게 사네, 겉보기에는 편해 보여도 저마다 나름대로 문제들이 있겠지."

넌 훨씬 힘들잖아, 라고 사토루는 속으로 생각했다.

아버지와의 관계, 사업을 물려받은 배 다른 남동생, 계모……. 부모가 아무리 돈이 많아도 그것만으로 행복해지는 건 아니었다. 사토루가 처진 분위기를 바꾸듯 단호하게 말했다.

"야, 다카키. 내일 야마시타랑 피아노로 구경 오면 절대 안 돼. 프러포즈할지도 모르니까, 그런 짓 했다간 정말 화낸다."

"절대 안 가."

평소에는 뭐든 농담처럼 받아치는 다카키가 웬일로 얌전히 대답했다.

드디어 목요일, 사토루는 아침부터 마음이 뒤숭숭해서 일이 손에 잡히지 않았다. 10월에 오사카로 가기 전에 필요한 업자와의 미팅, 사무집기 견본 등을 점검했지만, 머릿속에 전혀 들어오지 않았다. 오늘 미유키에게 어떻게 반지를 건넬까? 어디서 프러 포즈할까? 레스토랑에서? 차 안에서? 다시 바다로 갈까? 왜 그 런지 크게 소리치고 싶은 심정이었다.

조금 이르지만, 택시를 타고 히로오로 출발했고, 6시에 피아노 에 도착했다. 심장이 두근두근 뛰는 게 느껴졌다. 찻집으로 들어 가서 늘 앉는 자리에 앉았다. 미유키는 아직 보이지 않았다.

혹시 그 녀석 둘이 동정을 살피러 오지 않았을까……. 찻집 안 을 둘러봤지만, 기우였다.

가슴을 쓸어내리고 차를 마셨지만, 마음이 들떠서 억지로 업무 를 떠올려보려 애써도 심장의 고동소리는 가라앉을 줄 몰랐다.

시계를 보니 평소보다 30분가량 지나 있었다.

한 시간, 한 시간 반, 시간이 흘러갔다. 오늘 그녀에게 못 오는 무슨 사정이라도 생겼나 하는 불안이 머릿속을 스쳐갔다. 지금 까지 그녀가 오지 않은 적은 없었을 것이다. 두 시간이 지났을 무렵, 사토루는 찻집에서 나가기로 했다. 자리에서 일어선 순간, 주머니 속에 든 반지 상자가 허벅지에 닿았는데, 마치 심술을 부 리는 것처럼 느껴졌다. 하필 이런 날에 그녀가 오지 않았다.

이게 무슨 운명의 장난인가, 그녀에게 무슨 일이라도 생겼을 까? 자꾸 안 좋은 생각만 들었다.

자기는 운이 나쁜 남자라는 생각이 들었다. 부모의 임종도 못 지키고, 프러포즈를 하려는 날에도 그녀가 오지 않았다. 사토루는 우울했다. 계산을 마치고, 주인과 웨이트리스의 시선을 등 뒤로 느끼며 밖으로 나왔다.

지금까지 그녀에게도 똑같은 기분을 몇 번이나 맛보게 했으니 벌을 받는지도 모른다.

밖으로 나가자, 다카키와 야마시타가 걱정스러운 얼굴로 나타났다.

"그녀가 안 온 모양이네."

다카키가 쓸쓸하게 중얼거렸다.

"어어, 무슨 볼일이 생겼겠지."

"하필 이런 날 안 오다니, 재미없네. 기뻐하는 얼굴 보고 싶어서 세 시간 전부터 길 맞은편에서 지켜봤는데."

야마시타가 안타까운 듯이 말했다.

"미안한데, 난 그만 들어갈게."

사토루는 두 사람에게 그렇게 말하고, 정처 없이 걸음을 내디뎠다. 미타의 집에 도착했을 때는 10시가 넘어 있었다.

갑자기 휴대전화가 울렸다. 모르는 번호였다. 미유키인가 생각했지만, 그럴 리가 없었다. 휴대전화를 집어 들자, 바로 끊겨버렸다.

부모님에게 향을 올리고, 혼잣말을 흘렸다.

"다시 다음 주네."

여러 번 우린 차를 마시고 혼자 멍하니 있었다. 그래, 다카키에게 전화해보자는 생각에 휴대전화를 들었다. 다카키는 바로 전화를 받았다. 꾸민 듯한 밝은 목소리로 지금 야마시타랑 한잔하고 있다고 했다. 미유키 얘기는 안 꺼내려고 조심하는 기색이 훤히 들여다보이는 말투였다.

사토루는 오늘 피아노에 나타나지 않은 미유키를 생각하니 은근히 화가 났다. 그러나 너무 이기적이라고 반성하고, 걱정스러운지 한잔하자는 다카키의 청도 거절했다. 인테리어 관련 책을 펼쳤지만, 뭘 보고 있는지조차 몰랐다.

그 후로는 괴로운 날들이 이어졌다.

새로운 주가 시작되고, 새 테넌트빌딩 디자인을 고민해봤지만, 도무지 정신을 집중할 수 없었다. 보다 못한 이와모토가 한마디 했다.

"미즈시마, 요즘 자네 색채감이 좀 이상한 거 아닌가? 전에는 배색이 안 좋다 싶다가도 완성이 가까워지면 갑자기 그 색이 의미를 띠기도 했는데, 이번에는 통 그게 안 보인단 말이지~."

평소처럼 외래어를 쓰지 않고, 걱정스러운 듯이 말했다.

"역시 오사카 발령이 힘든가 보군~. 그래도 출세했으니 힘내!"

평소처럼 트집 잡는 말투가 아니고, 은근히 마음을 쓰는 기색이라 오히려 더 슬펐다. 친구만이 아니라, 심지어 이와모토까지……

집으로 돌아와서 이 집은 해약하고 9월 말에는 이사해야겠다는 생각을 했다. 집 안을 둘러봤지만, 대수로운 물건은 없으니 종이상자 몇 개와 침대, 책상, 불단 정도면 짐 정리는 다 끝날 것 같았다.

딱히 할 일도 없고, 그렇다고 텔레비전을 보거나 술 마실 기분도 아니라, 불단 옆에 놔둔 반지 상자를 보며 미유키를 떠올렸다. 다음 주 목요일이 있지 않은가. 나는 두 번, 세 번씩이나 못 갔고, 미유키도 설마 내가 결혼 얘기를 꺼낼지 알 리가 없었을 테고, 무슨 사정이 생겨서 못 왔겠지. 게다가 이번이 처음이다……

드디어 기다리고 기다리던 목요일이 왔다.

사토루는 언제 어디서 반지를 건넬까 하는 고민도 접어버리고, 그냥 결혼하자고 말할 작정이었다. 자포자기 심정인지, 남자답게 행동하려는 심리인지 알 수는 없지만, 어쨌든 그렇게 하기로 결심했다.

테넌트빌딩과 이탈리안 레스토랑과 관련된 자잘한 용무를 처리하면서도 마음은 줄곧 미유키가 올까 안 올까 하는 걱정으로 가득했다. 다카키와 야마시타에게도 목요일이 특별한 의미를 가지게 됐는지, 전화도 없었다.

5시 반이 되자 퇴근하는 사람, 일을 계속하는 사람으로 사무실이 술렁이기 시작했다. 사토루는 입학시험 발표를 보러 가는 기분이 들어 조마조마했고, 그것을 들키지 않으려고 차분한 척하며 책상에 앉아 있었다. 오늘은 조금 늦게 가자.

6시 반 무렵에 피아노에 도착해서 냉정한 척 가장하고 자리에 앉았다. 가게 안에 미유키 모습이 보이지 않아 조금 불안했지만, 아직 6시 반이다. 주머니에 넣어둔 반지 상자를 확인 차 만지고, 커피를 시킨 후 기다렸다. 주인과 웨이트리스, 다른 손님들이 모두 자기만 쳐다보는 기분이었다.

그런데도 '어서 오세요.'라는 웨이트리스의 인사말이 들릴 때마다 반사적으로 입구를 쳐다보았고, 미유키가 아니어서 실망했다. 두 시간이 눈 깜짝할 새에 지나가버렸다. '오늘도 틀렸나.' 하며 사토루가 포기하려는데, 주인이 물을 들고 오며 말을 건넨다.

"미즈시마 씨, 늘 오시던 아름다운 여성분이 요즘은 안 오시네요."

그 말투가 위로 같기도 하고, 흥미 본위 같기도 했다.

"오늘은 안 오는 것 같군요. 매번 약속하고 만나는 건 아니고, 서로 시간이 되면 보자고 얘기한 사이예요. 죄송합니다, 마음 쓰게 만들어서."

사토루가 대답했다.

"그랬군요. 그럼 서로 신경 쓸 필요 없네요, 요즘 젊은이들에게 알려주고 싶군요. 최근에는 이상한 사건이 많잖습니까, 스토커니 뭐니. 그리고 요새는 문자나 라인을 바로 쓸 수 있지만, 오히려 그게 더 성가시잖아요."

주인의 말상대를 해주고 싶은 기분은 아니었지만, 적당히 맞장구를 쳤다.

우쭐해진 마스터가 얘기를 계속했다.

"스마트폰만 쓰는 요즘 인간관계는 표면적인 교제다 보니 상대와의 마음의 교류는 오히려 더 약해진 느낌이에요."

대화할 상대는 찻집의 젊은 아가씨뿐일 텐데, 평론가 같은 말을 했다. 계산을 마치고 미타까지 걸어가려고 했는데, 왠지 차를 몰고 쇼난에 가고 싶었다. 회사 지하주차장에서 차를 꺼냈다. 제3게이힌 도로를 맘껏 달려보고 싶었다. 달린다고 해봤자, 이미 낡아빠진 BMW라 메구로 도로에서 제3게이힌으로 달리는 사이, 클러치가 신통찮아서 달리는 건지 흘러가는 건지 헷갈렸다. 직장인의 퇴근길 운전으로밖에 안 보였다. 그래도 계속 달려서 미유키와 함께 봤던 바다를 한참동안 멍하니 바라보았다.

벌써 6월 중순이다. 밖은 꽤 더워졌다. 행락 차량 왕래가 많아져서 클랙슨 소리도 시끄럽고, 아스팔트의 열기와 배기가스 때문에 숨이 턱턱 막히는 냄새도 지독했다.

만약 옆에 미유키가 있었다면, 이 냄새도 거슬리지 않고 기분

좋게 느꼈을지도 모른다. 행복한 기분이란 소중한 존재가 하나만 있어도 느낄 수 있는 것일지 모른다.

다음 주는 못 만난 지 세 번째 되는 목요일이다. 만약 그녀가 오지 않으면 포기하자. 처음 만났을 때 그런 얘기를 나눴던가. 두세 번 안 오면, 다른 데로 이사 갔다고 생각하면 된다고…….

그리고 세 번째 목요일, 사토루는 여느 때처럼 피아노에 있었다.

주인과 웨이트리스가 계산대 옆에 서서 흥미진진하게 이쪽을 뚫어져라 쳐다봤다. 서로 물을 가져다주길 꺼려하며 실랑이를 벌였다. 사토루는 조바심이 나는 자기가 어른스럽지 못 한 것 같았다.

남의 연애 얘기는 재미있겠지. 오늘도 미유키는 오지 않았다. 이제 그녀는 포기하자. 세 번 연속으로 안 왔다는 건 나를 만나고 싶은 마음이 없다는 뜻이다. 훌쩍거리지 말자, 난 남자다!

'빨리 포기해.'라며 사토루는 속으로 화가 나 있었다. 또다시 찻값만 계산하고 돌아가는 사토루는 보나마나 찻집 주인과 웨이트리스의 절호의 얘깃거리겠지.

아무렇지도 않은 척하며 나오기는 힘들었다. 영화배우의 마음이 충분히 이해됐다. 이제는 집까지 걸어가는 것도 자동차로 드라이브하는 것도 포기했다.

주머니 속 반지 상자는 모서리가 닳고 펠트가 벗겨지기 시작했다. 그날 이후로 사토루는 피아노에 가지 않았다.

다카키와 야마시타가 프러포즈 결과를 몇 번인가 물었지만, 그녀가 더 이상 안 온다는 말은 차마 할 수 없었다. 그래서 타이밍을 못 잡았다느니 아직 적당한 계기를 못 잡아서 여전히 식사나 할 뿐이라고 얼버무렸다.

다카키와 야마시타는 배짱이 너무 없다, 진심으로 부부가 되고 싶으면 그 자리에서 쓰러뜨릴 각오쯤은 있어야 한다며 사토루에게 용기를 북돋워주었다. 그런데 그럭저럭 시간이 지나는 사이, 오사카로 부임해야 하는 날이 몇 주 앞으로 다가왔다.

또다시 목요일이 되었다. '오늘은 데이트하는 날이겠네.'라며 놀리는 두 친구에게 상관없으니 나오라고 불러냈다. 최근에 단골이 된 신바시에 위치한 꼬치구이 집에서 그녀와의 관계를 솔직하게 털어놓았다. 1, 2년 지나면 도쿄로 다시 돌아올 테니, 잘 부탁한다는 말을 하려고 불러냈다고 사토루가 말했다.

"뭐야! 네가 반지 주려고 한 그날부터 안 왔다고?"

"야마시타, 그건 우리도 알잖아. 둘이 밖에서 지켜봤잖아."

"꼭 무슨 동화 같지?"

사토루가 쓸쓸하게 웃으며 대답했다.

"아킬레스와 거북이 같군."

야마시타가 말했다. 그러자 다카키가 따지고 들었다.

"멍청아, 이게 무슨 아킬레스와 거북이야?"

"너 아킬레스와 거북이 얘기 몰라? 일종의 역설이야. 발 빠른 아킬레스는 앞서 출발한 거북이를 영원히 따라잡지 못해."

"대체 뭔 소린지, 거북이쯤이야 바로 따라잡지. 아킬레스는 못 걷냐? 기어가도 바로 따라잡겠다."

"아니야. 아킬레스가 거북이와의 간격을 반씩 줄인대도 나머지 절반이 영원히 이어져서 아킬레스는 결국 거북이를 못 따라잡아."

"네 놈이 그딴 소리나 해대니까 고작 카멜레온 게임이나 만들지."

"그거랑은 관계없어!"

야마시타가 버럭 화를 냈다.

"그럼, 사토루가 아킬레스고, 그 여자가 거북이냐?"

"그렇지. 다카키, 너도 가끔은 책 좀 읽어라."

"야, 인마, 거북이가 붙어 있는 건 남자 쪽이지. 차라리 이건 어때? 아킬레스와 삐끼 얘기."

"그건 또 뭐야?"

"이제 그만해, 이미 끝났으니까…… 시간도 꽤 지났고."

"야~ 그래도 그렇지. 넌 정말 세 번 만에 그 여자를 포기할 수 있어? 오늘 목요일이잖아. 혹시 그 후에는 왔을지도 모르지."

사토루가 부끄러운 듯이 대꾸했다.

"그야 물론 나도 가보고 싶긴 하지."

"지금 주인한테 전화해서 물어봐줄까? 그녀가 와 있을지도 모르잖나. 야마시타, 피아노에 전화해봐."

"이제 됐다니까! 그럴 거 없어. 스스로 결정한 일이야. 오늘은 그래서 너희한테 나오라고 한 거야. 실컷 마셔, 나도 다음 달부터는 오사카야."

"네! 계장님!"

야마시타가 분위기를 띄우려 애썼다.

"멍청한 자식, 거짓말이라도 좋으니 이왕이면 사장님이라고 불러라."

사토루는 두 사람을 노래방에 데려갔고, 또다시 술집에 가서 잔뜩 퍼마셨지만, 둘 다 침울한 분위기라 미안했다.

드디어 오사카로 떠나는 날이 왔다. 일주일 전에 오사카의 시마다에게 부탁해둔 짐이 새 집 맨션에 이미 도착해서 간단한 손가방만 들고 신칸센을 타면 된다. 전날, 도쿄 지사 직원들과 다카키, 야마시타가 송별회를 열어줬는데, 두 친구는 또다시 플랫폼까지 배웅하러 나왔다.

자주 전화하라느니, 오사카에 가면 한턱내라느니, 여자 찾아두라느니, 평소와 다를 바 없는 대화였지만, 둘 다 눈물이 그렁거렸다.

열차가 움직이기 시작하고, 손을 흔드는 두 사람이 멀어져갔다.

"자, 이젠 오사카에서 일에만 전념하자."

사토루는 도쿄에서 있었던 일, 미유키와의 일을 떨쳐내듯 중얼거렸다.

그러면서도 미유키도 혹시 갑자기 전근을 갔나 하며 여전히 그녀를 떠올리고 말았다. 점잖지 못한 표현이겠지만, 놓친 물고기가 더 크다는 속담이 머릿속에 떠올랐다. 그런 자기 자신이 부끄러웠다.

신오사카에 도착하자, 시마다가 기다리고 있었다. 사토루의 가방을 들어주며 곧바로 지사 사무실로 가자고 했다. 지사에 도착하자, 다카하시와 직원들이 박수로 맞아주었다. 사토루가 계장으로 승진해서 오사카에 부임함과 동시에 도쿄의 이와모토와 오사카의 다카하시도 임원으로 승진한 모양이다.

다함께 '와~!' 하고 환호성을 올리며 반겨주었다.

사토루는 앞으로 몇 년간 오사카 사람들과 잘 지내다 보면 도쿄의 슬픈 추억도 차츰 잊히겠지 생각했다. 식도락의 고장이라고 일컬어지는 만큼 오사카의 환영회는 한껏 달아올랐고, 사토루도 기뻤다.

술자리가 끝나고 새 집으로 향하는 택시를 시마다가 같이 타고 가주었다. 건물 입구 비밀번호와 방 열쇠, 쓰레기 버리는 날과 가까운 슈퍼마켓 등등 세세한 사항들을 알려주고, 집까지 함께 올라왔다. 오는 길에 시마다가 혹시 유흥업소에 가자고 꼬이는 건 아닐까 걱정했는데, 아무 소리도 없어서 안심했다.

집으로 들어오자, 짐은 정리되어 있고 청소도 거의 다 되어 있었다. 방에는 부모님의 영정사진도 장식되어 있었고, 불단의 제기들도 제자리에 가지런히 정돈되어 있었다.

"시마다 씨가 정리했어요? 수고를 끼쳐 죄송합니다."

"별말씀을, 이제부터 동료 아닙니까. 이 정도는 당연히 해야죠. 아 참, 침대는 딱 한 번 빌려 썼어요."

또다시 농담을 던졌다.

역시 오사카 사람이다. 사토루는 시마다와는 다카키나 야마시타처럼 가까운 친구가 될 것 같은 예감이 들었다.

오사카의 1년은 눈 깜짝할 새에 지나갔다. 호텔 외부 공사는 거의 완성됐고, 기자재 반입도 대부분 끝나서 드디어 내부 인테리어 공사에 들어갔다. 다카키와 야마시타에게 몇 번인가 전화가 왔지만, 둘 다 바쁜지 오사카에 놀러 올 시간이 좀처럼 안 나는 듯했다.

사토루도 아직은 도쿄에 갈 마음이 나지 않았다. 주말을 이용하면 갈 수는 있겠지만, 미유키의 기억이 여전히 마음에 걸려서 가고 싶은 마음이 도무지 나지 않았다.

오사카에서 한잔하는 상대는 오로지 시마다나 회사 동료인 이마이와 요코야마였고, 매번 다카하시의 가발 얘기로 한껏 흥을 올렸다. 골프 연습장의 레슨프로가 헤드업이 심하다며 스윙할 때 머리를 잡아줬는데, 가발만 그대로 남고 머리는 휙 돌아가 버렸다나. 가발의 귀밑털이 다카하시의 콧잔등에 걸려서 로마 전사처럼 변해버렸다는 얘기, 다카하시가 공원 벤치에서 낮잠을 자고 있었는데 뻐꾸기가 가발에 탁란(托卵)을 했다느니, 도무지 믿기지 않는 얘기까지 나왔다.

오사카 생활에 익숙해졌다기보다 이미 오사카 사람이 된 기분이었다.

그러나 모두와 헤어지고 혼자 집으로 돌아오면, 도쿄에서 홀로 부임한 고독한 직장인이 되고 만다. 불단의 부모님 영정에 향을 올리고, 하루 일과를 보고하며 지냈다. 그 불단 한구석에는 미유키에게 주려고 했던 반지 상자가 덩그러니 놓여 있다. 색이 살짝 바랜 그 상자를 볼 때마다 미유키를 떠올리는 자신의 모습이 엄마가 오기만 기다리던 열쇠아이 시대로 돌아간 것 같았다. 이 반지는 조만간 오사카 어디에 버려야겠다고 생각했다.

오사카의 일처리는 비교적 순조로웠지만, 내부 장식의 자잘한 수정과 색채 변경이 겹쳐지면서 또다시 반년이 눈 깜짝할 새에 지나갔다. 그 사이에 도쿄의 야마시타에게 오랜만에 전화가 왔다. 야마시타의 아들이 학교에서 왕따를 당한다고 다카키에게 상의했더니, 다카키가 회사에 드나드는 토건업체의 젊은 친구들을 데리고 학교로 찾아가서 야마시타의 아들을 괴롭히는 그룹을 불러내 근처 공원에서 흠씬 두들겨줬다나. 보통은 심각한 문제로 번질 법한 일인데, 다카키의 아버지와 숙부의 도움으로 큰 소동은 벌어지지 않았고, 왕따 문제도 해결됐다고 한다. 정말 다카키다운 해결법이라며 야마시타가 웃었다. 사토루도 웃으면서 듣긴 했지만, 사건으로 번지지 않아 천만다행이라고 안심했다. 다카키의 입장에서 보면, 만약 일이 커졌으면 지금 하고 있는 부동산 중개일마저도 위험해졌을 것이다.

내부 인테리어 공사도 드디어 끝이 보이기 시작한 어느 날 아침, 사토루는 버리려고 마음먹은 반지를 주머니에 넣고, 호텔 공사현장으로 향했다. 공사 진척상황과 앞으로 필요한 준비, 공사 기술자들과의 회의를 마치고, 그날 업무를 마무리 지었다.

현장에서 가까운 순환선 역으로 가는 길에 CD와 DVD를 파는 가게가 있다. 오늘도 가게 안에서는 최근에 유행하는 듯한 그룹의 음악이 흘러나오고, 가게 앞에 세워둔 텔레비전에서는 여가수 아이돌의 프로모션 비디오가 방영되고 있었다.

벽에는 여러 아티스트들의 포스터가 빽빽하게 붙어 있다.

DVD는 일에 방해가 돼서 거의 안 보지만, 오랜만에 CD라도 살까 하고 안으로 들어갔다.

가게 안을 어슬렁어슬렁 둘러보던 사토루는 자기도 모르는 새에 클래식 코너에 서 있었다. 미련은 이제 깨끗이 사라진 줄 알았는데, 역시나 아직도 미유키를 못 잊고 있다.

뭘 사야 좋을지 몰라서 점원에게 추천을 받아볼까 하고 주위를 둘러보았다. CD가 안 팔리는 시대의 CD가게라 그런지, 계산대 외에는 점원 모습이 보이지 않는다. 하는 수 없이 진열대 위에 놓인 전단지 몇 장을 들고 읽어보았다. '나오미 튜링, 되살아난 환상의 명연'이라는 굵직한 글씨가 쓰여 있고, 젊은 아가씨가 드레스 차림으로 바이올린을 연주하는 사진이 실려 있었다.

'미유키다!'

사토루는 자기 눈을 의심했다. 많이 젊긴 했지만, 아무리 봐도 미유키가 틀림없었다.

사토루는 정신없이 전단지에 쓰인 글자를 읽어 내려갔다.

'돌연 음악계에서 모습을 감춘 나오미 튜링, 유럽 투어 당시의 음원 입수. 최신 기술로 멋지게 복원해낸 명연주들.'

CD 자체의 발매는 꽤 오래된 것 같은데, 최근에 다시 화제가 된 모양이다. 사토루는 그 CD를 사고, 전단지를 챙겨서 곧장 집으로 돌아왔다. CD에 딸린 라이너노트를 한 글자도 놓치지 않고 정신없이 읽어 내려갔다.

나오미 튜링은 미유키와 동일인물일까? 아니면 쏙 빼닮은 타인일까?

이 나오미라는 사람은 대관절 누구일까…….

CD의 해설에 이렇게 적혀있다.

나오미 튜링(후루타 나오미)은 18세에 차이콥스키 국제콩쿠르를 비롯해 롱-티보 국제콩쿠르, 비에니아프스키 국제바이올린콩쿠르 등 여러 국제콩쿠르에 입상했고, 천재 바이올리니스트로서 국내외적으로 큰 인기를 끌었다.

오스트리아 유학 시절에 피아니스트인 미하엘 튜링과 스무 살 나이로 결혼. 유럽을 중심으로 연주 활동을 했는데, 2007년 미하엘의 갑작스러운 죽음으로 활동 중지. 귀국 후, 음악계에서 은퇴했다.

사토루는 정신없이 라이너노트를 읽어 내려갔다.

이번 베스트 음반에는 파가니니: 카프리스 24번, J·S·바흐: 바이올린소나타, 이자이: 무반주 바이올린소나타 들이 실려 있다. 차이콥스키의 바이올린협주곡과 멘델스존, 베토벤 등 사토루가 아는 곡은 거의 없었지만, 일본 레코드회사가 나오미 튜링이 유럽 각지의 무대에서 연주한 질 좋은 음원을 모아 독일 발행처에서 저작권을 사서 발매한 모양이다.

CD에는 재킷 사진 한 장 말고는 다른 사진은 없었다.

어쩌면 나오미라는 아가씨가 미하엘 튜링과 사별한 후, 일본으로 돌아와서 대외적인 이름을 미유키라고 바꿨을지도 모른다. 나이도 지금쯤이면 분명 삼십대에 들었을 것이다.

그런 생각이 들자, 사토루는 지금 당장 확인하고 싶은 충동에 휩싸였다. 도쿄의 다카키에게 연락해서 전단지와 CD를 보내주겠다고 했더니, 자기가 직접 사겠다고 했다. 야마시타와 둘이 발매처와 사진 속의 여성을 바로 알아보고, 이삼 일 안으로 전화하거나 회사로 팩스를 보내겠다고 했다.

사토루는 자기는 정작 인터넷 검색도 제대로 못하면서 나오미라는 사람이 어디에 살고 있는지 조사해달라, 지금 어떻게 생활하는지도 알 수 있지 않겠느냐, 어쨌든 최대한 빨리 알아봐달라며 다카키에게 무리한 부탁들을 잇달아 밀어붙였다.

"야, 난 부동산 중개인이지 흥신소가 아니야. 아무튼 야마시타랑 같이 최선을 다해 알아볼 테니, 일단 좀 기다려."

사토루의 부탁을 흔쾌히 받아들이며 말했다.

어쨌든 CD는 들어봐야겠다고 생각했다. 그런데 막상 들으려 하자, 왠지 두려워져서 좀처럼 재생 버튼을 누를 수가 없었다.

마음이 몹시 흔들리고 속까지 울렁거렸다.

빨리 알아봤으면 하는 마음이 드는 한편, 끝까지 몰랐으면 좋았을 거라는 마음도 있었다.

나오미가 미유키이길 바라는 마음과 그렇지 않은 게 차라리 낫겠다는 마음이 심하게 교차했다. 사토루는 어떻게 하면 좋을지 갈피를 잡을 수 없었다.

만약 미유키라면, 나는 어떻게 해야 할까…… 만약 그녀의 의지로 피아노에 안 왔다면 그녀를 찾는 행위가 민폐가 아니겠는가……. 오로지 그런 생각에만 빠져 있는 사이, 어느새 창밖이 밝아왔다.

새벽녘에 아주 잠깐 깜박 졸긴 했지만, 역시나 나오미 일이 신경 쓰여서 잠을 잤다는 감각도 없이 현장으로 향했다.

호텔은 완공이 코앞으로 다가와서 기술자의 업무 점검과 지하 1층, 1, 2층에 입점할 세입자, 내부 인테리어 마무리 등등 개업을 향해 공사 속도에 박차를 가하고 있었다.

"미즈시마 씨도 곧 끝나겠군요. 호텔이 완공되면 다시 도쿄로 돌아가나요?"

시마다가 물었다.

"으음, 그냥 이대로 오사카에 있고 싶은데. 마음 편하고 살기 좋아서."

사토루는 예의상 인사치레로 대답했다. 그 말이 끝나기가 무섭게 시마다가 몰아붙이듯 물었다.

"이대로 오사카에 살면 어때요? 아내도 여기서 찾으면 좋을 텐데. 속편하게 그렇게 하시죠, 네?"

사토루는 '그러게요.'라고 대답하면서도 속으로는 나오미 생각이 머릿속을 떠나지 않아 다카키의 연락만 간절히 기다리고 있었다.

그래서일까, 기술자와의 대화도 앞뒤가 안 맞고, 사토루의 지시가 자꾸 이랬다저랬다 바뀌었다. 급기야 일꾼들이 '대체 어떻게 하라는 겁니까?'라며 짜증을 내는 지경에 이르렀다.

며칠 후 점심때가 지나서 다카키에게 전화가 왔다. 바로 전화를 받자, 사토루가 뭐라고 묻기도 전에 떠들어댔다.

"큰일 났어, 미즈시마! 침착하게 들어, 알았지? 침착해! 알겠냐?"

어찌 된 영문인지 다카키가 더 흥분한 것 같았다.

사토루는 온몸이 딱딱하게 굳었다. 무슨 엄청난 일이라도 벌어졌을까. 묻기가 두려웠지만, 평정심을 가장하며 다카키를 재촉했다.

"네가 말한 CD를 파는 데가 좀처럼 없어서 긴자에 있는 대형 매장까지 가서 찾았어."

"응, 그래서?"

"전단지와 CD 책자를 보고, 발행처인 프리츠저팬이라는 회사에 전화해봤지. 라디오방송국이라고 속이고……. 나오미 씨를 프로그램에 모시고 싶다고 했더니 담당자를 바꿔주더군. 그런데 담당자 말이 인터뷰는 어렵다는 거야. 그래도 홍보는 하고 싶었 겠지, 이것저것 물었더니 알려주더라. 꽤 오래전부터 발매 계획 을 세웠고, 나오미 튜링에게 타진했더니, 일본에서는 결혼 전 이 름인 후루타 나오미라고 부르는 모양이지만, 본인이 일본 이름 을 쓰는 걸 꺼려해서 나오미 튜링이라는 이름으로 발매하게 됐 다고 하더라고.

2015년 10월에 세계적으로 동시 발매하기 위해 독일 회사와 일찍부터 의논해서 가까스로 계약을 체결했대. 그런데 6월 초에 계약이 성사되자마자, 나오미 씨가 교통사고로 입원을 해버렸나 봐. 그래서 본인과는 직접 연락할 수 없게 돼서 변호사를 통해 나오미 씨의 언니에게 연락해서 간신히 발매했다는 거야. 어떠 냐, 내 실력! 평범한 놈이었으면 여기까진 절대 못 알아내. 그나 저나 장사가 무섭긴 무섭더라. 남의 불행까지 홍보로 이용해서 돈을 벌려고 드니 말이다."

사토루는 조바심이 났다. 나오미의 CD 따윈 아무래도 상관없 었다. 나오미란 사람이 미유키냐, 아니냐? 버럭 소리치고 싶은 충동을 가까스로 억누르고 물었다.

"알았어. 그래서 나오미란 사람이 미유키 씨랑 관계가 없다는 거야?"

다카키가 기다렸다는 듯이 말했다.

"바로 그거지! 나오미는 그쪽 세계에서는 유명인이잖아. 일본에 돌아왔어도 이런저런 소리 듣기 싫어서 자기를 모르는 사람에게는 후루타 나오미라는 옛 이름을 숨기고, 미하루 미유키라는 이름을 썼던 모양이야. 미하루는 미하엘에서 따왔을 거라고 난 추측한다만."

"그건 아무래도 상관없어!"

사토루는 결국 버럭 소리를 질렀지만, 금세 마음을 추슬렀다.

"아, 미안해, 어렵게 알아봐줬는데. 너무 놀라서 그래!"

다카키는 전혀 개의치 않고, 얘기에 푹 빠져서 말을 이었다.

"미즈시마, 너 이 얘기를 들으면 더 놀랄걸! 나오미 씨가 교통사고를 당했다고 했지. 그러니 미유키 씨가 나오미 씨라면, 사고를 당한 시점은 네가 미유키 씨를 마지막으로 만났던 재작년 5월 28일 이후라는 거겠지. 그래서 야마시타가 5월 28일 이후에 신문에 교통사고 기사가 나온 게 없나 조사했어. 그랬더니 6월 4일에 교통사고가 난 거야! 그날은 네가 반지를 주고 프러포즈하려던 날이었어! 5일자 조간에 조그맣게 4일 오후 6시 무렵, 다카나와 교차로 부근에서 신호를 위반한 할아버지 차와 택시가 부딪쳤는데, 택시에 타고 있던 후루타 나오미 씨가 의식불명 중태로 응급병원으로 옮겨졌다는 기사가 실렸더군. 그래서 다시 한번 레코드 회사에 전화해서 인터뷰를 꼭 하고 싶다며 물어봤지."

얘기 중간부터 사토루는 마치 강력한 회오리에 휩쓸려든 것처럼 옴짝달싹할 수 없었다.

"미유키 씨는 어디 있어!"

"레코드 회사에서는 알려줄 수 없다고 해서 후루타 나오미의 언니와 연락할 수 있느냐고 물어봤는데, 그것도 알려줄 수 없다는 거야. 그래서 직접 아오야마에 있는 프리츠저팬으로 찾아갔지."

"그래서 어떻게 됐어?"

사토루의 말이 점점 빨라졌다.

"그랬더니 담당자인 나가사키라는 사람이 나와서 직접 맞아주긴 했는데, 연락처는 절대 알려줄 수 없다는 거야. 그런데 멍청하게 얘기 도중에 가쓰미 씨도 지금 많이 힘들 테니, 인터뷰는 아마 무리일 거라고 말실수를 한 거지. 언니 이름이 아마 '가쓰미'인 것 같다는 실마리는 찾아냈으니, 일단은 그 정도에서 돌아왔지. 그래서 '후루타 나오미 언니'를 검색했더니 나오미 씨가 국내에서 첫 독주회를 열었을 때 들으러 갔던 사람의 블로그가 떴어. '언니 가쓰미 씨에게 꽃다발을 받고, 처음으로 얼굴에 웃음이 번졌다'는 문장이 있더라고. 지금은 야마시타가 후루타 가쓰미라는 이름을 열심히 검색하고 있어. 뭐가 뜨지 않을까 알아보는 중이야."

사토루는 옆에 있는 시마다를 무시하고, 다카키 얘기에만 집중했다.

"나도 지금부터 같이 알아볼게. 그나저나 네 일은 어때?"

사토루는 반사적으로 일은 내가 없어도 어떻게든 굴러간다, 내일이라도 당장 도쿄로 가겠다고 하고 전화를 끊었다.

재작년 6월 4일 저녁, 미유키는 사고를 당했다…….

그녀는 피아노에 오려고 했을까? 내가 프러포즈하려고 했던 날에.

미유키는 내가 싫어졌던 게 아니다…….

사토루는 공사 중인 호텔 입구 한구석에 맥이 빠진 듯 털썩 주저앉았다. 너무 놀라운 전개에 어떻게 대응할지 몰라 한동안 멍하니 있었다.

모두에게 욕을 먹든 회사를 잘리든 내일 첫차로 도쿄로 돌아가기로 결정했다. 옆에서 걱정스럽게 서 있던 시마다에게 내일 꼭 도쿄에 가봐야 할 일이 생겼으니 나머지 일을 맡아주고, 다카하시 씨에게도 잘 말해달라고 부탁했다.

무슨 말도 안 되는 부탁인가 싶었을 것이다. 그런데도 시마다는 믿음직스러운 대답을 해주었다.

"기술자들과의 일은 늘 같이 있었으니 대부분 압니다. 다카하시 씨에게는 제가 잘 말해둘 테니…… 미즈시마 씨도 따로 전화하세요."

"조금 길어질 것 같은데, 연락은 서로 어떻게 하죠?"

"글쎄요, 눈으로 보고 확인해야 할 부분도 있을 테고, 세세한 의논 거리도 있을 텐데. 아 참, 미즈시마 씨 컴퓨터 있잖아요. 제

메일주소는 이거니까 급할 때는 컴퓨터를 이용해서 서로 연락하죠. 그리고 나머지는 제가 알아서 할 테니, 얼른 도쿄 갈 준비나 하세요."

또다시 폐를 끼치는데도 시마다는 불평 한마디 없이 배려해주었다.

바로 집으로 돌아가 필요한 짐을 정리하는데, 다카키에게 전화가 왔다. 조급한 마음을 억누르고, 통화 버튼을 눌렀다.

다카키는 이름을 실마리로 후루타 가쓰미 씨가 어느 음대 교수라는 걸 알아냈고, 대학으로 전화해서 가쓰미 씨 본인과 통화할 수 있었다고 보고했다.

다카키는 사토루를 나오미 씨의 약혼자라고 말했다고 한다. 가쓰미 씨도 여동생에게 가끔 사토루 얘기를 들었는지, 순조롭게 대화가 풀려서 고맙게도 내일 시간을 내주겠다는 허락까지 받아둔 상황이었다.

그런데 다카키 얘기로는 언니가 한편으로 걱정도 했다고 한다. 여동생이 외국인과 결혼했었고, 일본으로 돌아와서 옛 성을 감추고 가명을 썼던 걸 그 사람이 알고 있느냐고 물었던 모양이다. 사토루는 그런 건 전혀 개의치 않는 녀석이고, 이름이나 과거는 아무 상관없이 미유키 씨, 아니 나오미 씨가 가장 소중하다고 늘 얘기한다고, 다카키 특유의 방식으로 설득해서 언니와 약속을 잡은 듯했다.

도쿄로 향하는 기차 안에서 컴퓨터를 켜고 시마다에게 이런저런 지시를 내리면서도 머릿속은 미유키의 사고와 그 후의 상황, 앞으로 만날 언니 생각으로 가득했다. 언니는 나를 인정해줄까? 그보다 미유키의 부상은 어느 정도였을까? 언니는 그녀를 만나게 해줄까?

다카키와 야마시타가 도쿄역에서 기다리고 있었다. 인사도 하는 둥 마는 둥하고 찻집으로 갔고, 다카키가 지금까지의 경위를 들려주었다. 복사한 신문을 들고 와서 사토루에게 보여주었다.

"봐, 6월 4일 오후지. 전직 바이올리니스트 중태. 다카나와에서 고령자가 운전하는 자가용이 택시를 추돌해서……."

사토루는 눈물이 나서 그 기사를 끝까지 읽지 못했다. 다카키의 설명에 따르면, 미유키는 근처 병원으로 옮겨져서 응급처치를 받았는데, 정밀검사에서 뇌장애와 하반신 마비 판정이 났다고 한다. 지금은 언니 집에서 지내며 미나토 구의 재활시설에 다니고 있다고 알려주었다. 야마시타가 설명을 덧붙였다.

"택시는 아무 과실이 없었지만, 추돌한 할아버지가 신호가 안 보였다느니 액셀과 브레이크가 헷갈렸다느니 매번 핑계만 대서 어쩔 수 없었던 모양이야. 그 차는 대인배상보험을 안 든 데다 혼자 사는 노인이라 아무것도 없어서 배상도 못 받고 간병 비용이 꽤 부담스러운가봐."

"미유키 씨가 하반신과 뇌에 장애를 입었다고?"

사토루가 놀라서 묻자, 다카키가 슬픈 표정으로 고개를 끄덕였다.

사토루는 침묵에 휩싸인 다카키와 야마시타를 앞에 두고 미안하긴 했지만,

"나 잠깐 일 좀 할게……."라며 컴퓨터를 꺼내서 시마다와 업무 협의를 했다.

"미안해, 회사 입장에서는 개인적인 문제보다는 비용과 시간이 더 중요하니까."

"괜찮아, 신경 쓰지 마. 너 힘든 거 다 아니까……."

야마시타가 울음을 터뜨렸다.

"울지 마, 바보야!"

야마시타의 머리를 때리는 다카키의 눈도 벌겋게 변해 있었다.

오후에 드디어 미유키의 언니인 후루타 가쓰미 씨를 만나러 다카키, 야마시타와 함께 대학이 있는 기치조지의 작은 찻집으로 향했다.

피아노 선생님이라고 하니 히로오에 있는 피아노가 더 나았을까 하는 별 중요하지도 않은 생각도 떠올렸지만, 마음을 다잡고 찻집으로 들어갔다.

찻집 이름은 역시나 '사라사테'라는 음악가에서 따온 듯했다.

찻집 안쪽에 한눈에 미유키의 언니라고 알아볼 수 있는 품위 있는 여성이 앉아 있었다. 자매라 그런지 미유키의 모습이 곳곳에서 느껴졌다.

인사를 주고받고 얘기를 들었는데, 대부분은 다카키에게 들은 내용이었고, 사토루에게 가장 중요한 건 미유키의 현재 상태였다. 언니는 냉정하게 설명해주었다.

"지금은 휠체어 생활을 하지만, 재활치료 덕분에 간병이 많이 필요하진 않게 됐어요. 그래서 식사나 화장실, 목욕도 어느 정도만 보조해주면 괜찮아요. 그렇지만 뇌장애 쪽은 잘 모르겠어요. 뇌신경외과 선생님이 MRI를 찍으면서 정기적으로 검진하는데, 지금 상황에서는 별다른 이상이 발견되진 않지만, 언제 회복될지는 모른다고…… 해서 난감한 상태예요. 의사선생님이 뇌는 아직 밝혀지지 않은 부분이 많다고 솔직하게 말씀하시더군요."

상상했던 것보다 심각한 상태였지만, 사토루에게는 왠지 희망이 느껴졌다. 다른 무엇보다 드디어 미유키를 찾아냈다. 언니 얘기에 따르면, 그전부터 미유키와 다카나와에 있는 맨션에 살았다고 한다. 그녀는 영어와 독일어를 할 수 있어서 친구의 작은 수입상사에서 일했던 모양이다.

"나는 미유키, 아니 나오미 씨와…… 결혼하고 싶었습니다. 물론 그녀가 나를 어떻게 생각했는지는 잘 모르겠지만."

사토루는 그렇게 말하고 고개를 숙였다. 이제 와 생각하니, 미유키의 마음을 미리 물어보지 못한 자신의 한심함에 가슴이 미어지는 느낌이었다. 그러자 언니가 가방 속에서 노트 한 권을 꺼냈다.

"동생은 일본에 돌아온 후부터 꾸준히 일기 같기도 하고 메모 같기도 한 글을 적었어요. 사고 후에 방에서 찾았는데…… 괜찮으면 읽어보세요."

그렇게 말한 후, 사토루 쪽으로 노트를 내밀었다. 남의 일기를 읽는 건 내키지 않는 행동이었지만, 미유키가 무슨 마음이었는지, 무슨 생각으로 나를 만났는지 사토루는 알고 싶었다. 눈앞의 노트 표지에는 '2015'라고만 적혀 있었다. 사토루는 언니의 눈을 바라본 후, 색이 살짝 바랜 그 노트를 펼쳤다.

○월 ○일

일본에 돌아와 아홉 번째 맞는 겨울. 기억이 별로 없다. 그저 하루하루가 지나간다.

○월 ○일

휴일인데도 딱히 할 일이 없다. 늘 피아노에 오고 만다. 무엇이 됐든 습관이라도 없으면 두려운 건지도 모른다. 아직도 피아노 소리를 들을 용기도 없으면서, 이상한 나.

○월 ○일

거래처 사람이 '요즘 세상에 스마트폰이 없으면 업무도 안

된다.'고 했지만, 사람과 사람의 관계를 만드는 데 가장 중요
한 건 만났을 때의 신뢰감이지 않을까.

　○월 ○일

오늘은 미하엘의 기일이다. 이메일이나 전화가 올 것 같은
마음에 아직까지 못 지웠던 그의 이메일 주소와 전화번호를
간신히 지웠다. 눈물이 나왔다. 하지만 그가 투어 중에 전 세
계에서 보내준 이메일은 이미 다 외울 정도로 읽었으니, 언
제든 떠올릴 수 있다.

　○월 ○일

요즘은 어디를 가든 BGM이 흘러나오는데, 히로오라는 곳에
는 고요함이 있다. 그래서 마음이 차분해지는지도 모른다.

　사토루는 메모장 같은 노트를 넘기며, 홀로 히로오 거리를 거
닐고, 피아노의 그 자리 미유키 곁에 앉아 있다는 착각에 빠졌
다. 할 수만 있다면, 당장이라도 그때의 미유키에게 달려가서 안
아주고 싶었다. 사토루는 페이지를 더 넘기며 미유키를 만났던
무렵의 날짜를 눈으로 좇았다.

　○월 ○일

오늘 피아노에서 이상한 사람을 만났다. 왠지 반가운 느낌
이 들었다.

○월 ○일

퍼뜩 정신을 차리면, 목요일 생각에 빠져 있다. 약속한 건 아니지만.

○월 ○일

아주 많이 바빴는지 주름투성이 옷에 수염도 덥수룩했다. 어딘지 모르게 온기를 머금은 사람이라는 생각이 들었다.

○월 ○일

오랜만에 연주회에 갔다. 대체 얼마 만일까. 내 안에는 더 이상 음악을 받아들일 자리가 없는 줄 알았는데, 몸 속 깊숙이 스며드는 느낌이었다.

○월 ○일

누군가를 다시 좋아하는 게 두려웠는지도 모른다. 그렇지만 지금, 만나고 싶다.

사토루의 눈에서 눈물이 흘러내렸다. 간결한 문장인데도 범접하기 힘든 미유키의 고독과 그러면서도 살고자 하는 강한 의지가 배어났다.

"미유키, 아니 나오미 씨를 만나게 해주시겠습니까?"

사토루가 큰맘 먹고 언니에게 물어보았다.

"내일, 병원 재활센터에 가긴 하는데…… 괜찮겠어요?"

야마시타가 느닷없이 큰 소리로 말했다.

"무슨 말씀이세요. 사랑하는 사람이 어떻게 됐든 당장 만나고 싶은 게 남자 마음이에요."

너무 뜻밖의 말에 다카키가 깜짝 놀랐는지, 빈 컵을 입으로 가져갔다.

다음날, 병원 대합실에 네 사람이 모였다. 언니의 안내를 받아 미유키가 있는 곳으로 갔다. 그곳에는 실내를 둘러싸듯 난간이 설치되어 있었고, 모든 설비는 환자에게 맞는 높이와 강도로 조정해놨다고 한다.

언니인 가쓰미가 안으로 들어가서,

"나오미, 손님 오셨네."라며 창가 휠체어에 앉아 휴식 중인 여성에게 말을 건넸다.

미유키다!

미유키는 창밖을 내다본 채 움직이지 않았다.

다카키와 야마시타는 슬픈 눈으로 그녀를 바라보았다. 사토루는 어떻게 해야 할지 몰라 한동안 물끄러미 그녀의 뒷모습만 바라봤지만, 결심한 듯 걸음을 내딛으며 미유키 앞으로 돌아가서 멈췄다. 그리고 얼굴을 가까이 대며,

"여기, 앉아도 될까요?"하고 피아노에서 데이트할 때처럼 말을 건넨다.

창밖을 바라보고 있던 미유키가 천천히 사토루에게 시선을 돌

렸다. 사토루의 얼굴을 한참동안 지그시 쳐다보는 듯했지만, 아무 감정도 깃들지 않은 눈빛이었다.

사토루는 미유키의 얼굴을 바라보았다. 미유키에게 보였던 미소는 사라진 지 오래고, 사토루의 얼굴에서 눈물이 주르륵 흘러내렸다. 참으려 애써도 결국 소리까지 나오고 말았다. 사토루는 미유키 앞에서 한동안 소리 내어 울었다.

우두커니 서 있는 다카키와 야마시타, 가쓰미도 울고 있는 것 같았다.

얼마나 지났을까. 미유키가 갑자기 사토루의 얼굴로 손을 뻗었다. 눈물을 닦아주려는 것 같았다.

마치 쇼난 바다에서 그랬던 것처럼 지금 그녀는 사토루의 눈물을 닦아주려 하고 있다.

사토루의 눈물은 그칠 줄을 몰랐다.

미유키 옆에 얼마나 오래 서 있었을까. 휠체어에 손만 얹어도 마냥 행복했다. 앞으로 어떻게 되든 상관없다. 미유키 곁에만 있을 수 있으면 행복했다. 휠체어에 얹은 사토루의 손에 미유키의 손이 포개졌다. 미유키의 얼굴을 바라봤다. 여전히 앞만 바라보고 있지만, 입가에 미소가 깃든 것처럼 보이기도 했다.

사토루는 결심했다. 무슨 일이 있어도 미유키와 결혼해서 자기 손으로 보살피겠다고.

사토루에게 미유키는 어머니이자 보살이었다. 어느새 밖에 나가 기다리고 있던 세 사람에게 감사인사를 하고, 자기 뜻을 밝혔다. 가장 놀란 사람은 가쓰미였다.

"동생을 간병하면서 직장 일이나 생활은 어떻게 하려고요?"

"저는 디자이너입니다. 어떤 상황에서도 대응할 수 있어요. 미유키 씨와의 삶은 내 생애를 통틀어서 최대의 프로젝트입니다. 반드시 성공시키겠습니다."

사토루가 힘차게 선언했다. 사토루의 기백에 세 사람 다 아무 말도 할 수 없는 듯했다.

배짱 두둑한 다카키마저도 놀라서 어찌할 바를 몰랐고, 야마시타는 또다시 훌쩍거렸다.

그 후 가쓰미의 안내로 재활시설의 치료사를 만나러 가서 미유키의 향후 생활에 관한 얘기를 들었다.

다음날, 사토루는 상사인 이와모토를 만나러 도쿄 사무실로 향했다. 사정을 모두 설명하고, 지금까지처럼 정규직으로 일하기는 어렵겠지만 재택근무가 가능한 일을 맡겨줄 수 있겠냐며 담판을 지었다. 사토루의 손을 부여잡은 이와모토가 한 치의 망설임도 없이,

"나한테 맡겨!"라고 힘차게 말했다.

이와모토가 그런 말을 해준 건 처음이었다. 우습기도 하고 기쁘기도 했던 사토루는 울상으로 웃는 묘한 얼굴이 되고 말았다.

미유키와 보금자리를 꾸리기 위한 준비와 업무 인수인계로 한 달가량은 현기증이 날 정도로 빠르게 지나갔다.

빈 시간에는 재활시설도 다니며, 가능한 한 미유키를 보살피려 애썼다. 야마시타의 소개로 텔레비전게임 분야의 프로그래머가 자매가 사는 집까지 와서 컴퓨터를 꼼꼼하게 프로그래밍하고, 사토루에게 사용법을 알려주었다. 사토루는 오사카 호텔과 도쿄 테넌트빌딩 일을 컴퓨터와 팩스를 이용해서 미유키 집에서 다 해냈다.

그동안 다카키는 소원했던 아버지와 남동생에게 부탁해서 지가사키나 하야마, 가마쿠라 부근에 미유키와 생활할 수 있는 전망 좋은 맨션이나 단독주택 물건이 있는지 찾아주었다. 다카키는 얼마 후 가마쿠라 고지대에 있는 조금 오래된 맨션을 찾아냈다. 거품경제 시절에 건설회사가 대량의 자금을 투입했지만, 거품이 꺼지면서 도산해서 불량채권이 된 물건이었다. 그래도 역시 돈을 많이 들인 건물이라 4층에 위치한 집은 상당히 넓었다. 다카키가 아버지의 힘을 빌려 업자와 타협해서 간병에 필요한 설비도 해주었다. 내부 인테리어도 난간과 화장실, 목욕실, 의자와 침대 높이까지 세심하게 다시 바꿔주었다.

물론 다카키 아버지의 회사는 적자가 컸지만, 대출부터 시작해서 모든 것을 다 배려해주었다. 다카키가 아버지에게 받을 상속에 관해 일체 불평하지 않겠다는 조건을 내걸고 협조를 얻어낸 것이다.

재회한 지 두 달 후, 미유키와 함께하는 생활이 시작되었다.

미유키는 사토루의 책상 옆에서 창밖의 바다를 바라본다. 그녀의 옆얼굴이 미소를 머금은 것처럼 보였다.

미유키의 웃는 얼굴을 재밌다거나 즐겁다는 말로 표현하기는 어렵다. 마치 부처님처럼 훨씬 큰 사랑을 느끼게 해준다. 어린 시절 집에서 늘 남아도는 시간을 주체하지 못해 울었던 자기를 집에 돌아온 엄마가 옆에 앉아 지그시 바라봐주는…… 그런 느낌이었다.

더없이 편안한 마음으로 그녀 곁에서 일하는 나, 첨단 전자기기를 사용해서 일하는 걸 그토록 꺼렸던 내가 지금은 그것들 덕분에 사랑하는 사람과 생활할 수 있게 된 것은 참으로 아이러니였다.

그러나 AI나 컴퓨터 기술이 제아무리 진보해도 미유키가 이따금씩 보여주는 미소보다 더 나은 행복을 줄 수 있을까?

사토루에게 가장 아름답고 행복한 경치는 미소를 머금은 미유키의 옆모습이었다. 언젠가는 개라도 키우며 새 차도 사서 미유키와 개를 태우고 어디든 떠나자.

사토루는 그런 미래를 꿈꾸며 또다시 컴퓨터 앞에 앉았다.

아날로그

초판 1쇄 인쇄 | 2018년 9월 5일
초판 1쇄 발행 | 2018년 9월 10일

지은이 | 기타노 다케시
옮긴이 | 이영미
펴낸이 | 이상규

펴낸곳 | (주)인터파크(레드스톤)
주소 | 경기도 고양시 일산동구 호수로 672 대우메종리브르 611호
전화 | 070-7569-1490
팩스 | 02-6455-0285
이메일 | redstonekorea@gmail.com

ISBN 979-11-88077-15-1 03830